René Schickele

Die Mädchen

Drei Erzählungen

René Schickele: Die Mädchen. Drei Erzählungen

Erstdruck: Berlin, Paul Cassierer, 1920

Neuausgabe
Herausgegeben von Karl-Maria Guth
Berlin 2017

Umschlaggestaltung von Thomas Schultz-Overhage unter Verwendung des Bildes: John Gibson, Der überraschte Hylas, 1837

Gesetzt aus der Minion Pro, 11 pt

Verlag: Henricus - Edition Deutsche Klassik GmbH
Mörchinger Str. 33, 14169 Berlin, info@henricus-verlag.de
Druck: Libri Plureos GmbH, Friedensallee 273, 22763 Hamburg

ISBN 978-3-7437-0594-4

Bibliografische Information der Deutschen Nationalbibliothek

Die Deutsche Nationalbibliothek verzeichnet diese Publikation in der Deutschen Nationalbibliografie; detaillierte bibliografische Daten sind im Internet über www.dnb.de abrufbar.

Inhalt

Die Mädchen über Athen 4
Das Glück 15
Aïssé 43

Die Mädchen über Athen

Im Vasensaal irrte ich wie in einem Spiegellabyrinth. Dann hielten mich die Bronzen, ich mußte mich mit jedem Schritt losreißen. Die Marmorskulpturen, die ich schon aus Abbildungen kannte, bekamen Leben. Sie hoben sich atmend, standen und zeigten ihre kluge Stirn. Und überall waren fliegende Siegesgöttinnen, große und ganz kleine, ja, fast an jeder Tür, in jedem Winkel tat eine ihre rauschenden Schritte. Dank ihnen zog eine heiter ausschreitende Musik, eine richtig unbekümmerte Straßenmusik durch die Museumsräume.

Meine ganze Liebe aber schenkte ich einigen marmornen Mädchen, obwohl ihnen immer etliche Glieder und zumeist auch der Kopf fehlten. Dafür waren sie vollkommenen Leibes, vollkommen, wie ihre Mutter sie gemacht hatte, vollkommen auch darin, wie sie sich mit ihrem Gewand geschmückt hatten, es über die Brüste gerafft hatten und nun zärtlich über ihren süßen Leib rinnen, auf ihrem süßen Leib zerfließen und dies und die ganze Schöpfung mit einem Ausdruck verklärter Klugheit bis ins kleinste ihm zum Gefallen sein ließen.

Je höher ich auf der steilen Treppe emporstieg, desto größer wurden die Säulen, die in einem Aufmarsch von einziger Gewalt den Eingang zur Akropolis bewachen. Einen Augenblick schien es mir, als neigten sie sich über mich und wollten mich erdrücken. Aber als ich den Kopf hob, sah ich, wie sie im Gegenteil, immer größer werdend, vor mir in den Himmel zurückwichen, und ich stürmte, halb gehoben, weiter, das Sausen in den Ohren, die Augen zu Boden geschlagen. Nun stand ich dicht vor ihnen. Es waren Säulen, nichts als Säulen, mit einem Dach darüber, das bis zur Mitte des vorigen Jahrhunderts türkische Kasematten getragen hatte. Der Vorsprung neben ihnen, wo der Niketempel über den Abgrund hinausging, war ebenfalls eine alte Bastion, der kleine Tempel selbst einem Schilderhaus nicht unähnlich. Jede Säule wies Spuren von Kugeln auf, ich streckte die Hand, um sie sorgsam zu berühren – diese eine hatten die Kugeln geradezu zerfetzt. »Nur Säulen«, wiederholte ich für mich, mit klopfendem

Herzen, von einer sinnlosen Aufregung erfaßt. Ich setzte mich auf den Sockel der Säule, vor der ich stand, und schloß die Augen.

Wir erleben Augenblicke solcher Versunkenheit, daß wir, wenn sie vorbei sind, wie aus einer Ohnmacht erwachen mit dem Gefühl, viel schweres Leid und alle Tröstungen erfahren zu haben. So erhob ich mich, und das erste war, daß ich langsam viele Male mit beiden Händen über die Säulen strich und zur nächsten ging und zur übernächsten und sie in einer Art anhaltenden Umarmung umschritt, worin schamvolle Achtung und brennendes Verlangen einander durchdrangen. Die durch den Marmor schimmernde Nacktheit war ja menschlich, menschlich das schlanke Ebenmaß ihres Wachstums und diese eine einzige menschliche Gebärde, die Gebärde einer schönen Frau und noch weit mehr ... und derart das Wunder, daß das Werk des Geistes, der solches geschaffen hatte, noch immer vom Schein seines Blutes strahlte und, selbst tausendfach verwundet, selbst verstümmelt, die betörende Macht des Blutes ausübte, die darin besteht, daß sie fremdem Blute über alle Vernunft Glück verheißt! ... Ein Mädchen wie die im Museum, von klugen Männern geliebt, von klugen Männern gestaltet und mit der tapfern Vernünftigkeit ihrer Erfahrungen ausgestattet – ich erkannte sie: Pallas Athene! ... Oh, sicher suchten Perikles und seine Freunde, die hier zu uns sprachen, in ihr nur die vergöttlichten Eigenschaften der Aspasia, ihres so gescheiten Bettschatzes.

Diese Klugheit, die eine sinnliche Eigenschaft, ja die Blüte einer schönen Sinnlichkeit selbst ist, entfaltete über dem riesigen Trümmerfeld der Akropolis, zwischen Propyläen, Parthenon und Erechtheion, in den wolkenlosen Himmel hinein ihren großen blütenweißen Kelch.

Dort stand das Parthenon, bei dessen Bau nach dem Willen des Perikles kein Sklave Hand anlegen durfte und das so von freien Männern errichtet war, von Männern, die wußten, was sie taten, stand da und beschämte die barbarische Zerstörungswut, die geglaubt hatte, Blut könne Geist auswischen, Gewalt einen edlen Herzschlag für alle Ewigkeit verstummen machen. Einst herrschte hier, wo tausend Trümmer übereinander lagen, bedachte Ordnung, und all die Schönheit war für das Schauspiel auf der hohen Bühne in der Sonne gerichtet und geschminkt. Davon strahlte sie übermenschlich, und das Volk, das zum Beten herkam, fühlte sich in ihrem Licht vergehn. Aber die Zuversicht des Alltags kehrte ihm zurück, wenn es zwischen den bunten überragenden Gebäuden die Karyatiden des Erechtheion erkannte, die »Mädchen«, wie sie einfach hießen, seine »Mädchen«, deren lächelnde Gestalten unbeirrt dem Himmelslicht standhielten ...

Die Schminke verblaßte und verschwand, auf dem heiligen Berg wurde gemordet, und die Geier nahmen von ihm Besitz. Kugeln und Explosionen zerstörten die Tempel, doch traten immer wieder aus dem Rauch einstürzender Gebäude, der sie verhüllte, aus dem Blutnebel, der sie unsichtbar machte, aus dem Dunkel der Vergessenheit die Spielgefährten der Pallas Athene, die »Mädchen«. Genauso, wie sie jetzt vor mir standen.

Sie sagten nicht, daß der Kampf unnütz sei. Sie zeigten nur, daß sie ihn überdauerten ...

Und wenn sie morgen der Gewalt erlägen, oder wenn ich sie je vergäße, sie träten mir – doch, doch – an irgendeiner Straßenecke, in den Augen der Geliebten, träten mir in den harmonischen Stunden guter Arbeit doch entgegen ... Denn auf dem langen Weg, der mich zu ihnen führte, hatten sie mir ja auch schon von weitem ihre Boten entgegengesandt.

Vor vielen Jahren sprach mich auf dem Boulevard St. Michel in Paris eine Dame an, die ich nicht erkannte. Das schien sie auch nicht erwartet zu haben, denn sie sagte mir gleich, wer sie sei.

»Du hast dich verändert!« rief ich, leider nur zu deutlich enttäuscht. Sie nickte einige Mal und versuchte zu sprechen. Da nahm ich ihre Hand ...

Drei Schwestern waren sie, schlank, doch gedrungen, mit geraden Schultern, wie ihre Madonna und ihre Kirche sind. Sie waren die drei Schwestern von Paris.

»Was ist aus euch geworden?« fragte ich leise.

Sie antwortete nicht, wandte den Kopf zur Seite und drückte heftig meinen Arm.

Sie waren die drei Grazien der Natürlichkeit. Allein durch ihre Gegenwart blieb das Lateinische Viertel eine Stätte hoher sittlicher und geistiger Kultur. Damals waren gerade die Fresken der Sorbonne dem Maler Puvis de Chavanne in Auftrag gegeben worden, und die Studenten wollten, daß ihnen dreien das Mittelfeld dieser Fresken gehöre. Über allen Philosophen und Dichtern sollten sie thronen, weil sie der fleischgewordene Traum aller waren: die Harmonie. Der Maler, der sie nicht kannte, wollte sich keine Modelle aufdrängen lassen. Doch fand eine Studentenversammlung statt, es wurde eine Adresse aufgesetzt, die, mit ihren Photographien, in die Zeitungen kam. Darauf lud der Maler sie freundlich ein.

Sie gingen nicht hin. Sie waren verschwunden. Man erzählte, am selben Abend hätten sie, jede in einem Automobil, das Lateinische Viertel verlassen ... Uns war, als sei ein ewiges Licht erloschen. Man verrohte hier zusehends. Gottlob mußte ich bald abreisen. Und jetzt nach sechs Jahren –

»Du – so sprich doch – was ist aus euch geworden?«

Wir standen an der Rue Monsieur le Prince.

Sie antwortete nicht, sondern lief aufschluchzend in die Straße und in das Haus, wo ich vor sechs Jahren gewohnt hatte.

So arm war sie also ...

Es folgten endlose Regentage.

Der Sommer war irgendwo liegengeblieben, in der Touraine, in den großen Wiesen, die sich zu seiner Begrüßung mit rotem Knabenkraut geschmückt hatten, und wo die herzbewegende Feierlichkeit der Abendglocken im endlos ermatteten Himmel ihn erdrückte.

Manchmal hob er den Kopf und sah nach Norden. Dann blitzte es über Paris goldig auf, und gleich strahlte der Garten des Luxembourg, als habe er nur auf diesen Blick gewartet, um seine Schönheit herzugeben. Das silbergraue Parterre mit dem flachen Wasserbecken glühte wie ein Spiegel. Über dem großen weißen Kreis der Balustrade, die das Parterre umschließt, lag die blühende Krone des Rotdorns, dahinter versanken die lichten Massen der Kastanienbäume in einem feinen Dunst weißen Lichts, dem wunderbar klar graue Dächer entstiegen, entfernt im blauen Himmel.

An solchen Tagen sah ich zuweilen die Damen von weitem an der Seite eines Studenten oder eines aufmerksamen Fremden. Der erste von uns, der des andern ansichtig wurde, bog in den Schatten ein. Aber es war selten hell an diesen Tagen. Ich saß in einem möblierten Zimmer, in der Rue Gay-Lussac, von wo ich auf den Garten des Luxembourg und den eingeregneten Eiffelturm sah, zwischen Zeitungen, Büchern und illustrierten Revuen, die wie einen leichten roten Rauch eine aufrührende Atmosphäre ausströmten. Der kleine Tisch voll unreinen Papiers war ein Schlachtfeld von Leidenschaften, ein Gewühl und Gehetze, scharf und klein, wie durch einen umgekehrten Fernstecher gesehen.

Gegen Abend hörte der Regen gewöhnlich auf. Der Himmel hinter dem Eiffelturm leuchtete gelb. Es gab da drüben in den graubraunen Wolken einen Backofen von gelber Glut, der seinen Schein fächerförmig über den Horizont breitete. Das Schieferdach des Luxembourg war von sanftestem Blau, jeder Baum tief und groß.

Eine Zeitlang verbrachte ich die Hälfte der Nächte in der Gegend der großen Boulevards ... Ich suchte, ohne es recht zu wissen, die schlanke Frau mit den hohen Schultern. Einmal traf ich sie in der *Olympia*, auf dem blauen Teppich mit den großen, gelben Blumen, wo kleine Tische mit blauen Glasplatten stehen, im *Promenoir*. Über dem Parterre lag eine hellgraue Rauchwolke, es waren viele Spiegel da, die Frauen wanderten. Sie trug ein enganliegendes schwarzes Kleid, das kaum verziert war und sich ihrem Körper anschmiegte, dazu einen großen, schwarzen Hut. Mir fiel ein, daß sie auch am Abend, wo sie mich angesprochen hatte, schwarz gekleidet war, und ich sah, ihre Blässe verlangte es. Ihr Profil war zart und hell. Sie hielt sich gut, schien gar nicht kokett, und selbst die diskrete Langeweile, die übrigens der Mattheit ihres Wesens entsprach, war durch einen Ausdruck von Güte und Freundschaftlichkeit so weit gemildert, daß sie für einen besonderen Reiz gelten konnte. Ihr Begleiter, ein kleiner Deutscher aus guter Familie, sympathisch, ernst, benahm sich, als ob sie seine Frau wäre; ein wenig abwesend, alles musternd, nachlässig zu ihr gehörig. Sie bemühte sich höflich um ihn.

Am nächsten Abend sah ich sie mit ihrem kleinen Freund neben dem Springbrunnen der *Folies-Bergères*, mitten unter anderen Frauen, die unförmig und aufgedunsen um das klare Wasser kreisten. Sie aber, die schön war unter der kristallenen Wolke, zeigte: sie war von anderem Geschlecht als die ... Als sie fortgegangen war, schien der Springbrunnen etwas von ihrer Schönheit, Schlankheit und Blässe bewahrt zu haben, wie eine Quelle, worin eine Nymphe untertaucht, noch lange ihr Bild behält. Vereinsamter Springbrunnen, dachte ich, der sich klar aus den Ausdünstungen dieser Weiber und aus der Niedertracht dieser ihrer Bauchmusik erhebt! Du: Quellwasser, Berg, Wald, Meer plötzlich in der dicken Atmosphäre eines Bordells! O ihr Nymphen! Ihr Berggeister der kristallenen Lüfte, wie ist euer Atem rein! Ich spüre Sehnsucht in den Lungen ... Wenn sie sich auszögen, die hier Frauenhaftes feilbieten, und ihren Leib in den Staub des fallenden Wassers lehnten: welche Seele bestände die Prüfung?! Sie wären gerichtet durch die Schlechtigkeit ihres Leibes. Wären sie nicht wie blinde Scheiben? ... Und noch die reinsten glichen den alten venezianischen Spiegeln, die man in unbewohnten Schlössern findet.

Ich horchte auf. Eine Stimme auf der Bühne sang ... Gleich schlug die rohe Musik sie tot. Ich dachte:

Man sollte für seine Geliebte eine Folge von Harmonien erfinden, welche die reinste, mitklingende Luft für das Erklingen ihrer Stimme wäre, für ihr langes Verharren, ihr langsames Sterben. Harmonien – nicht für ihre ›Gesangstimme‹, nein, ursprüngliche Klänge, die Mutterwelt, aus der *ihre* Stimme entstand. Sie wiederfinden! ... und sie wie einen Wald um ihren Gesang errichten, und ein Frage- und Antwortspiel zwischen Wald und ihrer Stimme, ein Suchen, Sichsuchen, und, zum Schluß, der ungeheure Einklang, lang ausgehalten: der schönste Augenblick dieser Vereinigung von Landschaft und Seele ... Mythologie! Psyche lernt singen!

Ich mochte dann nicht länger im *Quartier* wohnen bleiben. Die Examen hatten begonnen, jeden Abend fand ein Studentenumzug mit Lampions und Fahnen statt, immer unter demselben Gesang, immer mit demselben Abschluß: einer vollständigen Betrunkenheit in der *Lorraine*, im *d'Harcourt*, im *Panthéon*. Schließlich kam der 14. Juli.

Zur Erinnerung an die Einnahme der Bastille verwandelten die Pariser ihre Stadt in eine Kirmes. Die Boulevards hinauf stand eine Verkaufsbude neben der andern. Wer keine vier Latten hatte aufbringen können, um damit ein Zelt zu bauen, betrieb sein Geschäft am Boden auf einem Taschentuch. Wo ein freier Platz war, drehte sich ein Karussell, an jeder Straßenecke wurde getanzt. Die Musikanten saßen auf trikolorenen Brettergerüsten, und Omnibusse, Wagen, Autos mußten warten, bis der Tanz zu Ende war. Dann gaben die Polizisten den Weg frei, um ihn wieder bei der ersten Lücke im Wagenzug zu sperren. Über die Straßen spannten sich zahllose Triumphbogen mit farbigen Glühbirnen. Es war märchenhaft.

Ich zog mich nach dem Löwen von Belfort zurück in die Gegend der *Closerie des Lilas*. Das ist ein Restaurant und Kaffeehaus, worin selten mehr als zehn Menschen versammelt sind. Wenn ich es zu Hause nicht aushielt, konnte ich dahin gehen und arbeiten, ohne gestört zu werden. Die paar Gäste, die sich mit mir in das Café teilten, spielten Schach oder lernten Zeitungen auswendig.

Eines Abends fand ich, noch ein wenig weiter nach Montrouge zu, ein Lokal, das ebenso leer war wie die *Closerie*; aber auf dem Trottoir gegenüber standen viele Menschen und hörten der Musik zu, die hier weitabgewandte Konzerte gab. Fünf arme Konservatoristen hatten sich dem Wirt für die Abende vermietet. Sie machten Kammermusik. Die Zuhörer, Bewohner dieses Arbeiterviertels, verbrachten ihren Abend mit Frau und Kindern auf der Straße, standen schweigend, sehr still, und viele waren blaß vor Aufmerksamkeit.

Hier verlebte ich Stunden, feierlich und heiter wie der letzte Akt eines Schauspiels, wo sich zum Schluß die Kulissen, mein Paris, auseinanderschöben und der Himmel offenstände. Hier war es auch, wo der Dichter Francis Jammes mir schwor, daß er den Tierhimmel gesehen habe.

In seiner Heimat, so sagte er, sei ihm auf der Landstraße ein unansehnlicher Hase begegnet, und weil das Tier elend gewesen sei, habe er es geliebt. In der Folge seien sie Freunde geworden, wie selten zwei in diesem Leben voller Selbstsucht Freunde würden. Und es sei ein rührender Beweis mehr für die verständnisvolle Dankbarkeit der

Tiere, daß der Hase ihn, den Dichter, bei einem mystischen Sprung in den Himmel mitgenommen habe. Das hätte mich nicht sonderlich überrascht. Aber der Dichter fand im Tierhimmel einen Park, wo auch junge Mädchen waren, die man wegen ihrer tierhaften Anmut eingelassen hatte …

Davon träumte ich, während die Musikanten eine Sonate spielten, die sich bewegte wie ein Trupp glänzender Herren und Damen, den man im Zickzack einen Berg hinaufreiten sieht.

Es war hell im Land, es gab viel Grün und Blau, einen Fluß im Tal, Wege überall, schiefe Ebenen von Baumgipfeln wie große Dächer, die sich an den Himmel lehnen, und keine Möglichkeit, an den Tod zu denken. Sie spielten eine Sonate, die sich bewegte, wie ein Trupp zuversichtlicher Herren und lächelnder Damen, die im Zickzack einen Berg hinaufreiten und mit entzückten Augen um sich schauen.

Ich dachte: Wie glücklich bin ich um dich, Ellen Parker! Also wurde deine Seele nicht ausschließlich einem traurigen Einsamen anvertraut, als du in einem florentinischen Frühling so sehr erblaßtest, daß zwischen einer weißen Verklärtheit und dir kein Unterschied mehr war, meine Freundin.

Wie glücklich bin ich für dich, deren Röcke jungfräulich mitgingen, wenn du neben Paul Merkel, deinem Geliebten, schrittest …

deren Leib einen Erdgeruch ausatmete, wie von Heide und Thymian oder gemähten Wiesen oder einem jungen Wald, wenn es geregnet hat …

deren Hände und Schultern stark waren …

und deren Hüften, wenn sie sich in ihrer Bekleidung bogen, all das vergessen ließen:

die Rüschen so hell wie ein Fenstervorhang in einem verrufenen Haus, der bewegt wird, das Höhlenhafte, Düstere solcher Orte, in einer hellen Stadt mit breiten Straßen, Brücken und Plätzen, und den ganzen Jammer, den man als Jüngling litt.

Entkleidungen wie das Umrühren einer dampfenden Suppe, der Unterkleider nach oben steigende Kaskaden, die plötzlich zurückgehen und verschwinden, wenn sie ihren Beruf erfüllt haben und die

›Wirklichkeit‹ beginnt, all das Kulissenhafte, bis auf die Spitzen an den weiten Hosen, die ganz perverse Entlarvung der Amazone –

Wie bin ich glücklich für dich, Ellen Parker, daß du unter einem Baum liegst im Tierhimmel, sorglos wie eine Vierzehnjährige, die auf dem Lande aufgewachsen ist, und aufspringend mit schlanken Tieren spielst, und daß ein Windhund, der sich an dir aufgerichtet hat, deinem Körper die Schönheit seines gestreckten, leise zitternden Rückens hinzufügt!

Und du, Lo, hast eine Zukunft, wie ich sie dir oft gewünscht habe. Du solltest, sagte ich dir, in einem Garten wohnen. Der Garten wäre sehr groß und von einer hohen Mauer umgeben; unmöglich auszureißen. Hinten im Garten, unter Obstbäumen, hättest du deine Hütte, mit ausgewähltem Stroh, daneben stünde ein Brunnen mit klarem Wasser. Ringsherum, an der Erde, an den hundert Spalieren, wüchse mehr, als du je essen könntest. Du trügest das dünne lila Kleid mit der lila Halskrause, das wir alle kennen, hohe gelbe Schuhe, gestopfte Strümpfe aus *fil d'Ecosse* und gelbe Bänder von billiger Seide. Du wärst scheu, faul und zufrieden. Wenn es regnete, käme ich und legte dir eine goldene Kette um die Fußknöchel, damit du nicht in den Regen läufst und dich erkältest! ...

Ich hatte allerdings den Wunsch, am andern Ende des Gartens in einem Palast zu wohnen. Große Herren und üppige Damen, die Festungen anziehen, sollten bei mir verkehren ... Eigentlich sollten sie das nur des Kontrastes wegen. Nach dem Essen wollte ich sie in den Garten führen und ihnen meine Gazelle zeigen. Sie ständen in einem dicken Kreis herum und glichen einem an die Luft gesetzten Trödlerladen, während du dich zehn Schritte vor ihnen an mich lehntest, etwas lilafarben Zartes, Schnellfüßiges mit hellen braunen Augen, das im großen Garten verschwände, wenn ich es nicht für die Augen meiner Gäste festhielte ... Die Damen wären von deinem scheuen Wesen entzückt und fänden deine Augen schön.

Ich werde in keinem Palast wohnen. Ich werde nicht dort sein.

Aber du wirst deinen Garten haben, Lo.

Der Dichter hat ihn gesehen, im Tierhimmel, welcher der schönste aller Himmel ist, weil es dort außer euch keine Menschen gibt.

Du wirst deinen Garten haben, Lo. Er liegt im »Park, wo auch junge Mädchen waren, die man wegen ihrer tierhaften Anmut eingelassen hatte«.

Der Dichter hat ihn gesehen.

Den Dichtern muß man glauben, Lo. Dichtern zu glauben schmeichelt.

Wie gut ich mich erinnere!

Sie spielten eine Sonate, die sich bewegte wie ein Trupp berittener Herren und Damen, die ihre Pferde zügeln müssen, weil die Tiere Stallgeruch gewittert haben und vor Ungeduld an den Zügeln reißen. Es kam ein ernsthafter Einzug durch ein dunkles Burgtor. Der Trupp verschwand. Eine Weile tönte noch der Kontrabaß, wie eine Säule ...

Ihr holden Karyatiden!

Ich bin ein armer ungläubiger Christ. Aber als Kind hatte ich meine Madonna, und alle unsere Mädchen hatten ihre Madonna, und die Madonna, glaubt mir, ist euch wohlgesinnt. Unsere jungen Mädchen wissen das genau, wenn sie sich zum Tanze schmücken oder an den lauen Abenden, nach den Maiandachten, vor den Burschen auf und ab gehen. Sähet ihr sie im Halbdunkel sich bewegen und höret sie untereinander lachen, ihr würdet euere Schwestern gleich erkennen. Und unsere Madonna, das wage ich zu sagen, obwohl ich kein großer Mann bin wie Perikles, unsere Madonna habe ich ebenso geliebt wie Perikles euere Pallas Athene. Mit Herz und Sinn.

Und deshalb träumte ich, während die Sonate in Montrouge verklang, und sprach im Traum:

Meine Seele ist nicht zufrieden damit, daß diese Mädchen, die das Schönste sind, was an Menschen wächst, im vornehmsten der Himmel verschwinden.

Die Kirche lehrt, daß es Wesen gibt, die ihrer unbefleckten Reinheit wegen von Gott in seiner großen Güte auserwählt sind, damit sie die anspruchsvolle Stümperhaftigkeit der übrigen Menschen auf sich laden. Die Vielheit unserer Gefühle löst sich in ihrer reinen Einfachheit und geht eine Verbindung ein, deren Produkt man *Lapis coeli*, den himmlischen Diamant, nennt. Er ist der Preis, um den die Sünden der Menschen zurückgekauft werden.

Ich bin gewiß, meine Freundinnen, die ihr uns schon in diesem Leben durch euer Beispiel erbaut und von vielen albernen Gewohnheiten gereinigt habt, daß ihr unter denen seid, die Gott zur immerwährenden Erlösung der Menschheit bestimmt hat. Denn wen hätte er sonst für würdig und fähig befinden sollen, sich von allen Ekelhaftigkeiten der Menschen anstecken zu lassen, wenn nicht euch und eure Schwestern, deren Schönheit in jedem Teilchen ganz und also unangreifbar, weil unersetzbar, und insgesamt so einfach ist, daß keine Häßlichkeit, die ihr in eure Seele aufnehmt, euch verunstalten kann? ...

Blauer, blauer Himmel Attikas! Schwalben, die aus dem Parthenon schießen und sich in der Bläue verlieren! Holde Karyatiden über dem Trümmerfeld! Würdige Freundinnen von euch haben mich bis hierher geführt. Nun habe ich euch selbst gesehen. Ihr, die ihr das Urbild unserer Sehnsucht seid. Ihr, die ihr noch mit Pallas Athene gespielt habt an Frühlingsabenden wie diesem. Tretet einst, ich bitte euch, an das Bett, auf dem ich den Todeskampf leiden werde.

Das Glück

Martha diente als Kammerzofe beim Baron Neufville, Michael als Gärtner. Sie waren, ohne einander zu kennen, am selben Tag aus Deutschland gekommen, stammten beide aus der Kölner Gegend, hatten sich am selben Tag beim Baron verdingt. Sie waren wohl auch von gleichem Alter.

Als sie an jenem Sommerabend zusammen aus dem Parktor gingen, wußten sie noch nicht einmal ihre Namen. Das Haus des Barons lag auf dem Hügel über Saint-Cloud, man sah vom Park über die Seine und den Bois de Boulogne auf Paris. Der Weg lief in steilen Krümmungen den Hügel hinab. An der ersten Biegung nahm Martha, weil sie so rannten, Michaels Hand, und nun mußten sie noch schneller laufen. Unten angelangt, warf sie sich mit schiefem Hut und gelockerten Haaren an seine Brust. Sie war wirklich ganz außer Atem und konnte sich kaum aufrecht halten. Um keine Zeit zu verlieren und möglichst schnell über die Seine in den Bois zu entkommen, wo sie sich vor ihrer Herrschaft sicher fühlen konnten, nahm der Bursche das zierliche Mädchen auf den Arm und trug es ein Stück Wegs. Sie sah wie eine kleine Französin aus mit ihrem braunen, spitzen Gesichtchen, den geraden Schultern und der dünnen Taille. Auch schaukelte sie mit den Beinen, die in gelben Strümpfen unter dem Tuchkleid hervorsahen, als ob sie auf einem Lehnstuhl läge. Das Kleid war ebenfalls gelb, und die schwarzen Lackschuhe hatten übertrieben hohe Absätze, die Michael überzeugten, daß sich darauf allerdings schlecht laufen ließ, zumal einen steinigen Weg hinunter. Unter den ersten Bäumen des Bois mußte Michael die kleine Dame absetzen. Sie nahm ihn an den Ohren, zog seinen Kopf zu sich herunter und belohnte ihn mit drei schallenden Küssen auf den Mund. Nach dem dritten Kuß hielt sie ihn fest und betrachtete seinen Mund.

»Hübsch«, sagte sie mit zufriedenem Nicken. Sie sah ihm in die Augen und wiederholte: »Hübsch«, und diesmal rieb sie sanft, ganz leicht obenhin, erst die eine, dann die andere Wange an seinem Mund.

Gleich darauf waren sie beide erschrocken, sie hatten den Wagen des Barons erkannt. Auch er hatte sie gesehen. Er ließ halten, und schon lief Martha wie ein kleines Mädchen auf den Baron zu und wechselte, den Fuß auf dem Trittbrett, einige Worte mit ihm, die Michael nicht verstand. Übrigens wurde er auch gar nicht beachtet. Martha stieg ein, und der Wagen fuhr in der Richtung nach Paris davon. Sie hatte sich nicht einmal nach ihm umgesehen.

Von all dem begriff Michael bis auf den heutigen Tag nicht das geringste. Er war Martha, die doch unter demselben Dach wohnte, nicht wieder begegnet, bis sie sich heute, nach Feierabend, drunten im Garten bei ihm eingestellt hatte mit der Mitteilung, daß sie beide heute frei bekämen und zum weihnachtlichen Festbetrieb, dem *Réveillon*, nach Paris führen. Er sollte gleich vorausfahren und sie um halb zwölf an der Ecke des Boulevard de Sébastopol und der Rue de Rivoli abholen. Dort wollte sie ihn in einem Automobil erwarten. Michael hatte seine Ersparnisse genommen und war nach Paris gefahren.

Auf dem Boulevard geriet er, ohne zuerst zu wissen, worum es sich handelte, in einen geordneten Volkshaufen, der ihn magnetisch anzog und mit sich fortführte. Es war ein Hungermarsch der arbeitslosen Erdarbeiter. Sie trugen den Aufruhr der Internationale auf die großen Verkehrsstraßen. An Stangen schrien Plakate: »Es sind sechstausend Arbeiter nötig, um die dringendsten Arbeiten zu Ende zu führen, und man hat dreitausend von uns entlassen!« ... »Publikum, man spielt mit deinem Geld, und auf den *Chantiers* wird nicht gearbeitet.« ... »Es gibt in Paris dreitausend Arbeitslose. Sie wollen Arbeit.« Und zwischen den Strophen der Internationale sangen sie: »Arbeit oder Brot! Arbeit – Arbeit oder Brot!« Sie kamen unbehelligt bis zum Boulevard des Italiens. Dort stellte sich ihnen ein starkes Polizeiaufgebot in den Weg. Sie schrien und pfiffen, aber bogen willig in eine Nebenstraße ein. Vielleicht das zehnte Haus dieser Straße ist die Mairie des neunten Bezirks, die auch ein Polizeibüro beherbergt. Als der Zug bis auf die Nachzügler daran vorbei war, öffneten sich die großen Torflügel. Aus dem Hof stürzte eine uniformierte Menge, drang im Laufschritt in die letzten Reihen der Manifestanten und sprengte sie auseinander. Aber die Arbeiter machten kehrt und schlugen auf die Polizisten ein. Es kam in der engen Straße zu einem heftigen Handgemenge. Polizisten und Arbeiter rollten über das Pflaster. Da kamen vom Boulevard des Italiens im Laufschritt die Polizisten an, die vorher dem Zug den Weg versperrt hatten, und in einem dumpfdröhnenden Schock wurde die zusammengekeilte Masse der Arbeiter nach vorwärts und in die Nebengasse geworfen. Michael kam mit einigen Rippenstößen und einem großen Zorn auf die Pariser Polizei davon.

Im deutschen Leseklub, den er dann aufsuchte, erfuhr er mehr von den Ereignissen des Abends. Die städtischen Elektrizitätsarbeiter waren im Hause des Allgemeinen Arbeiterverbandes zusammengekommen in der festen Absicht, den *Réveillon* zu sabotieren, das heißt, das festliche Paris in Dunkel zu hüllen oder doch wenigstens damit zu drohen und so die verlangte Genugtuung zu erpressen. Sie verlangten schon lange eine allgemeine Revision ihrer Arbeitsbedingungen. Der Weihnachtsabend schien ihnen besonders geeignet, ihr Anliegen wirksam in Erinnerung zu bringen. Sie schickten ihren berühmten Führer Pataud zum Seine-Präfekten und ließen ihm sagen, er möge sich sofort zu besagter Revision verpflichten, weil sie sonst seiner Stadt Paris das Licht ausbliesen. Und die Revision wurde versprochen.

Michael fühlte sich durch den Erfolg seiner französischen Kameraden gehoben. Den anderen deutschen Arbeitern im Klub ging es ebenso. Sie schlugen sich lachend auf die Schenkel oder rieben wenigstens vergnügt die Hände.

Sie wurden ernst und feierlich, als eine Tür sich öffnete und ein brennender Weihnachtsbaum in seiner ganzen Pracht zu sehen war. Leider mußte Michael jetzt fort. Er fürchtete, die Aufmerksamkeit des Präsidenten zu erregen, und schlich behutsam hinaus. Um schneller vorwärts zu kommen, ging er durch Seitengassen und kam Punkt halb zwölf Uhr an die Stelle, wo die Rue de Rivoli den Boulevard de Sébastopol schneidet. Martha wartete bereits. Sie lehnte nachlässig in einer Ecke des geschlossenen Automobils und rauchte eine dünne parfümierte Zigarette. Als Michael sich neben sie setzte, tat sie einen tiefen Zug und warf die Zigarette zur Wagentür hinaus. Aber sie stieß den Rauch nicht gleich aus, sondern nahm Michaels Kopf in die

Hände und legte den Mund auf seine Lippen, denen sie durch sanfte, zugleich eindringliche Andeutungen verständlich zu machen suchte, daß sie sich öffnen und den Rauch entgegennehmen sollten. Sie verstanden nicht, jedenfalls nicht schnell genug, und als der Wagen im nächsten Augenblick mit einem Ruck zur Fahrt ansetzte, wurden Michaels und Marthas Köpfe unsanft aneinandergeschlagen. Martha, die den Rauch verschluckt hatte, zog sich mit einem Hustenanfall in ihre Ecke zurück, aus der Michael sie nach einer Weile hervorholte, um ihr sachverständig auf den Rücken zu klopfen. Er war sehr verwirrt, hauptsächlich weil er fürchtete, daß er ihr einen Zahn eingestoßen haben könnte. Denn sein eigenes Gebiß, dessen Stärke ihm bewußt war, schmerzte.

Nichts Derartiges war geschehen. Martha bemerkte nur, daß Automobile ungemütliche Fahrzeuge seien. Dieser Ansicht schloß Michael sich mit Überzeugung an. Er fügte hinzu, daß diese seine erste Automobilfahrt auch ruhig seine letzte sein dürfte. Eine Kutsche sei allemal besser. Er war vom Vorzug einer Kutsche so durchdrungen, daß er Martha bestürmte:

»Sagen Sie, sagen Sie doch, wäre es nicht schöner, in einem Wagen wie dem des Barons zu sitzen – wir beide?«

Martha irrte, wenn sie darin eine unfreundliche Anspielung auf die Begegnung im Bois de Boulogne zu erkennen glaubte. Michael dachte nicht daran und war deshalb sehr erstaunt, als sie mit böser Heftigkeit antwortete: »Wissen Sie, Eifersucht mag ich nun schon gar nicht. Damit kommen Sie bei mir nicht weiter!«

Er nahm den Tadel an, fand aber trotz angestrengten Nachdenkens nicht, wodurch er ihn verdient hatte. Es geschah ihm Unrecht, das wußte er nun ganz bestimmt, er dachte daran, sich zu verteidigen, aber dann fand er das Unrecht so groß und Martha, die es leichtfertig beging, so verächtlich, daß er trotzig schwieg. Sie sang leise vor sich hin, was ihn in seiner geringschätzigen Meinung bestärkte.

Ist sie wirklich eine Deutsche? fragte er sich. Aber das war sie zweifellos, wenn es ihm auch nicht so recht in den Kopf wollte. Er ging um das Abenteuerliche dieses Gedankens langsam herum, betrachtete ihn von allen Seiten und mußte sich eingestehen, daß er davon nicht gescheiter wurde. Dann saßen sie auf der Terrasse des *Café de Madrid*. Zwei Damen in Straßentoilette, Federhüte auf dem Kopf, kamen und sangen Lieder zur Gitarre. Von der zweiten Strophe an sang alles Volk den Kehrreim mit. Die Damen sammelten Kupfermünzen, versenkten ihre Instrumente in Wachstuchsäcke und mischten sich unter die in gedrängter Kolonne wandelnde, sich unaufhörlich aus zwei Richtungen durchdringende Menge, in der Hähne krähten, Nachtigallen schlugen, Trompeten schmetterten und Papprevolver durch die Richtung ihrer Schüsse Fröhlichkeit hervorklapperten. Die Witzbolde, die niemand bezahlte und die nur ihr Talent trieb, fuhren hin und her, winkten und hinterließen eine Lichtspur entzückter Glorie.

Kaum waren die Damen mit den Gitarren gegangen, da erschien ein alter zahnloser Komiker mit einem Handkoffer, den er vor sich hinstellte. Er zog den Hut und hielt eine Ansprache. Zuerst eine heitere Szene. Die *Klagen der Liebe*.

Er öffnete den Handkoffer und zog eine schmierige Perücke hervor, die er sich über den Schädel stülpte. Der Zylinder wurde in den Nacken geschoben, der Rockkragen in die Höhe geschlagen. Schon stand der Alte ›angezogen‹ da. Michael verstand gerade manche derjenigen Wendungen nicht, die am kräftigsten zündeten. Martha jedoch lachte und klatschte in die Hände. Sie hatte Michael durch ihre hübsche, herausfordernde Ausgelassenheit bald versöhnt.

Der Komiker gab bekannt, daß er jetzt sammeln und dann das Gedicht des bekannten Chansonniers (»Wer?« … schrie Marthas Nachbar ihr ins Ohr. »Legay«, rief sie belustigt. »Nie gehört«, schrie der andere zurück …) *Der Fetzen* dreingeben werde. Als der Komiker die Soustücke aus dem Zylinder geklaubt hatte, machte er eine Bewegung, als ob er gehen wollte. Ein Gast in der ersten Tischreihe bekam ihn am Zipfel des Gehrockes zu fassen. »Holla! Und der *Fetzen*?« Man schrie: »Heraus mit dem *Fetzen*!«

»Hier!« sagte der Komiker. Er zeigte sein Taschentuch und begann zu rezitieren. Das Gedicht reichte von den Windeln bis zum Leichentuch. Aber es stimmte zu melancholischem Nachdenken, und deshalb zeigte man sich allgemein unzufrieden. Mit Verachtung beladen zog der Alte weiter. Manchmal wurden die Gäste auf der Terrasse von einer allgemeinen Bewegung vom Stuhl gehoben und umgedreht. Sie mußten zusehen, wie sich die Leute im Innern an den weißgedeckten Tischen vergnügten. Immer war etwas Neues los. Und sie lachten, sie lachten –! Da mußte man schon mitlachen, obwohl man natürlich die Zusammenhänge hinter den Scheiben kaum ahnen konnte.

»Was, Michael?« rief Martha, »die verstehen zu leben in Paris!« Ja, die verstanden zu leben in Paris. Michael vergrub die Hände in den Hosentaschen und lehnte sich herrisch zurück. Ihm war zumute, als ob ihm an den Schultern zwei leichte, aber starke Flügel hingen, die er nur zu entfalten brauchte, um sich in einen Himmel voll rosaroter Balletteusen emporzuschwingen. Solche wurden nämlich von einem Postkartenhändler feilgeboten. Die Gestalt der Tänzerinnen war gemalt, aber das Röckchen bestand aus wirklicher Gaze, und der Händler wußte sie mit geschickten Fingern aufzubauschen, daß sie in gezackten Falten von der Gestalt abstanden.

Vom *Café de Madrid* ging's in die *Olympia*. Der große Keller war festlich hergerichtet. Das Orchester lärmte, in einer Nische brannte ein Weihnachtsbaum, die Huris der weltbekannten Frauenbörse hatten phantastische Binden durchs Haar gezogen und tanzten sich die Weihnachtsmelodie der gefallenen Mädchen aus den Gliedern. In einer Ecke saß der Häuptling der marokkanischen Gesandtschaft, die gerade Paris besuchte, im Burnus von violetter Seide, mit einem blaßgelben Turban, den schneeweiße Kordeln umschnürten. An seiner braunen Rechten, die ein weißes Mädchenkinn stützte, funkelte ein Diamant. Wenn das schwermütige Gesicht lachte und die weißen Zähne zum Vorschein kamen, war es wirklich, wie wenn die Sonne ihr Mitrailleusenfeuer durch Wolken sendet. Ein Herr neben Michael fragte seine Dame: »Hast du die Weiber gesehn, die da drüben Zigaretten rauchten?« Sie sagte schüchtern: »Nein.« Auch die andern Damen hatten nichts gesehen. Da riefen die Männer: »Warum sind wir denn hergekommen?«, und die Damen lächelten und sahen mit blanken Augen um sich.

Sie gefielen Michael nicht. Schon der erste flüchtige Vergleich mit den tanzenden Mädchen, den er beim Betreten des Kellers angestellt hatte, war zugunsten seiner Nachbarinnen ausgefallen, und er hätte sie gar nicht mehr beachtet, wenn nicht Martha immerfort mit ihrer spitzen Zunge nach ihnen gestochen hätte. Sie weidete sich an der Plumpheit dieser Damen mit einer Inbrunst, die Michael im Grunde unangebracht fand. Es hatte überdies die üble Folge, daß die Gatten der Damen sich ebenso aufmerksam, wenn auch bedeutend freundlicher mit Martha befaßten. Immer war einer dabei, sie zu mustern, und manchmal starrten sie alle zu gleicher Zeit herüber. Michael schleuderte einen wütenden Blick hinüber und sagte laut: »Ekelhaft, dieses Anglotzen!« Aber Martha legte ihre Hand auf seinen Arm und drückte leise sein Handgelenk: »Stellen Sie sich vor, Sie säßen an ihrem Platz. Würden Sie nicht auch sehnsüchtig herüberblicken?« Sie senkte lachend das Gesicht und sah ihn mit leuchtenden Augen von unten her an. Michael bemühte sich, ebenso zu strahlen und ebenso verwegen zu sein. Da sie nicht nur ihre Hand auf seinem Arm liegen ließ, sondern ihm sogar ein wenig näher rückte, so wußten die Kerle ja Bescheid, wie es sich mit Martha und ihm verhielt. Es dauerte auch nicht lange, da gaben sie das Spiel auf und erhoben sich. Sie ließen ihre Damen vorausgehen und warfen Martha, alle auf einmal, einen listigen Abschiedsblick zu. Sie nickte fröhlich und winkte wie ein Kavalier. Michael gönnte ihnen die Freude. Und um es ihnen zu zeigen, winkte er auch. Fühlte er doch Marthas Knie an seinem!

»Gott sei Dank, daß wir sie los sind«, sagte er und schlang kühn seinen Arm um ihre Hüften. Sie schmiegte sich an ihn und fragte plötzlich tiefernst:

»Michael, liebst du mich?«

Ein Schauer wie von einem kalten Luftzug kroch ihm über den Rücken, Brust und Kopf aber brannten. Er sah ihr fassungslos in die Augen und betrachtete dann jedes Teilchen ihres Gesichts. Ohne ihre Stellung zu verändern, legte sie beide Arme um ihn, und wieder bekam er es kalt auf dem Rücken und heiß auf der Brust, und sie flüsterte: »Ja, Michael?«

Er blickte verzweifelt um sich. Es war niemand da, der ihn auslachte. Aber es half ihm auch niemand. Sein Blick kehrte zu ihrem Gesicht neben ihm, zu ihren Augen unter ihm zurück, und dieser Blick hatte etwas so Flehendes, daß Martha erschrocken die Arme fallen ließ und schluckte, als ob sie weinen wollte.

Michael war im Begriff, sie an sich zu reißen. Er biß die Zähne aufeinander, die Stirnadern waren geschwollen, und er sah böse aus. Er hob seine schweren Arme wie zu einer gewaltigen Arbeit, aber soviel Drohung die senkrechte Falte über der Nasenwurzel zu enthalten schien, die blauen Augen glänzten in ätherischer Verzückung. Sie waren klar wie Wasser in einem silbernen Becher. Da strich Martha ihm sanft über die Stirn, die Hand verweilte ein wenig auf den Augen, und sie strich ihm mütterlich über das Gesicht, in dem jetzt der fleischige, schön geschwungene Mund zuckte:

»Martha weiß, daß Michael sie liebhat. Michael muß nur still sein.«

Sie beobachtete, gütig lächelnd, wie er sich langsam beruhigte. Als die Musik einen Walzer spielte, griff sie ihm in das gelbe, gelockte Haar und rief:

»Komm, Schatz, jetzt wird getanzt. Eins, zwei, drei, vier – eins, zwei ...«

Sie erwartete nicht, daß er tanzen konnte, und versuchte mit viel Anstrengung, ihn zu führen. Als sie sah, daß es gut ging, überließ sie sich ihm mehr und mehr, und dann merkte sie, welch vorzüglicher Tänzer er war, und gab sich ihm hin.

Das war die Art, wie Michael den Umgang mit Frauen gewohnt war. Jetzt lernte er auch Martha kennen. Er sah, daß sie klein und biegsam war und voll eines süßen Schwunges in der Versunkenheit, aus der sie immerfort mit ihrer schlanken Fülle heraustrat zu ihm in immer erneutem Kommen und Gehen. Sie hatte einen leisen, aber durchdringenden Geruch wie von faulenden Blättern im Wald, der Michael von den Bauernmädchen zu Hause vertraut war und den er liebte. Aber ihr Haar duftete, tausendmal schöner, nach Veilchen. Er drückte sie an sich, um den Duft ganz nah und sicher bei sich zu haben.

In den nächsten Stunden ließen sie kaum einen Tanz aus. Michael fühlte stolz, wie er Herr wurde über sie. Sie lebte ganz in ihm, er konnte mit ihr machen, was er wollte. Sie folgte einer Bewegung von ihm fast schon, bevor er sie ausführte. Sie hatte keinem andern mehr, auch nicht spöttisch, zugelächelt.

Auf dem Wege zum Bahnhof kamen sie am Gebäude der Zeitung *Le Matin* vorbei. Die riesigen Rotationsmaschinen arbeiteten. Sie sahen, wie die Maschinen die dicken Rollen Papier fraßen und auf der andern Seite das bedruckte und beschnittene Zeitungsblatt von sich gaben. Eins legte sich still aufs andere. Die Zeitung verwendete ihre Druckerei gleichzeitig als Schaufenster. Hinter den Maschinen, auf denen Menschen spazierengingen, erhob sich eine Spiegelwand. Davon wurde der Maschinensaal ein unendliches Gefilde voll herkulischer Wesen, die ihre eisernen Gelenke regten und zwischen denen Zwerge umhergingen, die sie behorchten, die sie betasteten. Michael kaufte das Morgenblatt, das bereits angeboten wurde und das von den Ereignissen dieser Nacht berichtete, die noch nicht einmal zu Ende war. Er schilderte Martha die Heldentat der Elektrizitätsarbeiter nach der ausführlichen Erzählung des Blattes. Er wollte sie für Pataud begeistern. Martha widersprach ihm nicht, aber er merkte wohl, daß sie anderer Meinung war. Er steckte die Zeitung, die er unter einer Gaslaterne entfaltet hatte, in die Tasche, und sie gingen schweigend nebeneinander. Nach einer Weile sagte Martha: »So kommen wir auch schneller vorwärts.«

Er wollte wissen, ob sie den Elektrizitätsarbeitern nicht recht gab.

»Was gehn uns die Elektrizitätsarbeiter an!« antwortete sie, und obwohl der neckische Blick, den sie ihm zuwarf, seine Wirkung nicht verfehlte, konnte er sich doch nicht verhehlen, daß dieser Blick zugleich reichlich frech gewesen war.

Ihn, Michael, versteifte er sich, gingen aber die Elektrizitätsarbeiter sehr viel an! Sie seien seine Kameraden!

Sie lachte laut und fragte, ob sie mit den Elektrizitätsarbeitern getanzt habe. »Übrigens, Schatz, möchte ich mit keinem deiner Kameraden tanzen, da kannst du Gift drauf nehmen. Pfui Teufel!«

Sie schüttelte die Röcke, als ob sie einen schlechten Geruch vertreiben wollte.

Michael fand das nicht recht von ihr, und in seinem Innern nahm er die Kameraden eifrig in Schutz, aber er war doch auch wieder froh, daß das feine Püppchen mit ihm allein tanzen wollte und ›Schatz‹ zu ihm sagte, als ob es sich von selbst verstünde, daß ein hübsches, wohlriechendes Mädchen ihn ›Schatz‹ nannte.

Als sie allein in ihrem Abteil saßen, wollte Michael wissen, ob er denn nun auch wirklich ihr Schatz sei. Er glaubte es zwar zu wissen, aber er wollte sie es sagen hören. Deshalb spielte er schmeichelnd, mit strotzender Gewißheit den bekümmerten Zweifler.

Er durfte ihn spielen, bis der Zug im Fahren war. Dann nahm die Szene eine Wendung, die ihn überraschte und im Nu entwaffnete. Die kraftvolle Überlegenheit, die er in dieser Nacht erobert zu haben glaubte, verwandelte sich in klägliche Hilflosigkeit, als Martha, die ihn lächelnd ansah, plötzlich zu weinen begann. Sie weinte stumm, ohne den Kopf zu wenden, sie wollte nicht einmal ihr Lächeln verlieren, und die schmerzhafte Grimasse ihres lächelnden Mundes erschütterte Michael derart, daß sich seine ganze angesammelte Erregung in einem fassungslosen Schluchzen Luft machte. Der Zug hielt und fuhr weiter, Martha lag in Michaels Arm, und beide weinten. Michael schüttelte sich und schrie. Martha fielen nur immer große Tränen aus den Augen, sie hielt Michael fest umschlungen und gab keinen Laut von sich.

Mit einem Male raffte sie sich auf und sah zum Fenster hinaus. »Höre, Michael«, sagte sie schnell, indem sie hastig ihr Taschentuch aus der Tasche nahm und ihr Gesicht trocknete. Sie stand vor ihm und sagte entschlossen: »Höre, Michael, wenn du mich liebst, mußt du mir etwas schwören.«

Er hatte beim befehlenden Ton ihrer Stimme aufgehört zu weinen und sah jetzt unterwürfig zu ihr auf.

Sie legte die Hände auf seine Schulter:

»Liebst du mich?«

Er machte eine Bewegung, als ob er alles aus seinen Händen geben wollte, und sagte wehmütig: »Oh, so sehr!«

Ihre Hände auf seinen Schultern griffen zu, sie zog ihn an sich:

»Dann mußt du mir schwören, daß du alles tust, was ich dir sage, Alles! Was – ich – will!«

»Alles«, flüsterte er.

Einen Augenblick blieben sie so. Dann fuhr sie ihm in die gelben, gelockten Haare und bog seinen Kopf zurück, und wie etwas Großes, Schweres, Wildes fiel ihr Mund auf ihn.

Als die erste Betäubung vorüber war, umschlang er sie heftig, er wollte aufspringen, um größer und stärker zu sein als sie. Sie hielt ihn nieder und flüsterte:

»Still, Schatz, wir sind da.«

Sie hob warnend den Finger und wiederholte: »Ganz brav! Man kennt uns hier.«

Michael fand ihre Vorsicht übertrieben. Denn einmal wurden Liebespaare hierherum durchaus nicht mit ärgerlichen Augen angesehen, und dann herrschte ein solcher Nebel, daß sich die zwei einzigen Menschen auf dem Bahnsteig, der Zugführer und der Stationsbeamte, wie graue Schatten ausnahmen. Er sagte es ihr, als sie Arm in Arm die Gartenwege hinaufstiegen. Da sie keinen Einspruch dagegen erhob, wollte er sie küssen. Aber sie bog den Kopf zur Seite.

»Michael, du mußt tun, was ich dir sage. Du hast geschworen … Du mußt jetzt das Tor öffnen und es so einrichten, daß du keinen Lärm dabei machst … Leise! Am End' ist die Frau des Obergärtners schon auf. So, jetzt gib die Hand.«

Sie standen hinter dem einstöckigen Häuschen aus roten Ziegeln, in dessen unteren Räumen der Obergärtner wohnte. Michael gehörte das Giebelzimmer, in das man nur auf einer engen Treppe gelangen konnte, die außen an der Hinterwand hinaufführte.

»Sag adieu«, flüsterte Martha, und ihre Augen funkelten aufregend aus den dünnen Schlitzen der halbgeschlossenen Lider.

Er wußte nicht, ob sie scherzte oder ob es ihr Ernst war, daß sie ohne einen Kuß scheiden sollten.

»Sag adieu, schnell!«

Er drückte ihre Hand, sagte beschämt adieu und wandte sich der Treppe zu. Aber sie hielt seine Hand fest und sah ihn immerfort an. Ihm schien, daß das Funkeln ihrer Augen, die jetzt ganz dunkel waren, heftiger wurde. In ihrer Hand, die die seine festhielt, rührte sich etwas und zog wie ein Senfpflaster. Da kam ihm zum erstenmal der Gedanke an eine Möglichkeit, die ihn zittern machte, der Gedanke, daß auch sie ihn begehren könnte, wie er sie begehrte.

»Michael, du hältst doch deinen Schwur!«

Er nickte.

»Du wirst tun, was ich dir sage!«

»Ja«, sagte er heiß.

»O nein, Michael, du mußt brav sein und darfst mir nichts tun. Aber wenn du brav bist, darfst du zusehen, wie ich mich ausziehe ...«

Er ging eifrig darauf ein. »Ich will Martha ausziehen«, miaute er, »ganz langsam ausziehen und sie in ihr Bettchen legen und zudecken wie ein Püppchen.«

Martha ließ ihn dabei, bis sie sich in ihr Zimmer geschlichen hatten und die Tür hinter ihnen geschlossen war. Dort mußte sich Michael auf einen Stuhl in die Ecke setzen und stillhalten, denn gerade unter ihnen schlief der Baron.

Es war hübsch bei Martha, und Michael liebte sie zärtlich, wie sie vor dem großen Spiegelschrank stand und den Hut abnahm. Das Zimmer hatte eine helle Tapete, lauter weiß lackierte Möbel, einen Liegestuhl mit einem großen weißen Fell darauf und eine Strohmatte, die für diesen Raum gefertigt schien, denn sie reichte genau bis in die Ecken. Außerdem roch es vornehm nach Parfüm. Michael sah zu, wie Martha sich am andern Ende des Zimmers vor den weißen Spitzenvorhängen des Fensters langsam entkleidete.

»Du tanzt ja, Schatz«, rief er leise. »Du tanzt so süß aus deinen Kleidern, du, machst du das auch so, wenn du allein bist?«

Und wirklich beugte sie sich gerade wie eine Ballerina und hob in dieser Stellung den Kopf auf, um ihm zu antworten.

»Immer«, lachte sie und nickte ihm mit hochgezogenen Augenbrauen zu.

Nun dachte er daran, daß sein Püppchen jeden Abend so aus den Kleidern tanzte, und schon lange, so viele Abende schon, ohne daß er das Herrliche auch nur vermutet hatte. Er wunderte sich, daß er nie darauf gekommen war, vom Garten unten hier heraufzudenken, wenn im Zimmer Licht gebrannt hatte. Ja, er mußte sich gestehen, daß er sogar nie darüber nachgedacht hatte, welches der Fenster zu Marthas Zimmer gehörte.

Sie stand weiß und bloß vor dem Fenstervorhang, und das Licht des nebligen Morgens drang so gedämpft ins Zimmer, daß ihr Körper in das Spitzenmuster verwebt schien.

»Du darfst kommen«, hörte er sie sagen. Als er vor ihr stand, sah er, daß sie am ganzen Körper bebte. Sie hielt den Kopf gereckt, daß die Halsmuskeln hervortraten, und blickte starr über ihn hinweg. Ihre Stimme klang ein wenig heiser, und es war, als ob eine kalte Hand sein Herz gepreßt hätte, bis die große Zärtlichkeit, die es die ganze Zeit über gehegt, daraus entwichen war. An deren Stelle war eine quälende heiße Leere getreten. Die Stimme sagte:

»Knie nieder und küß mich.«

Er ließ sich auf die Knie fallen und warf die Arme zurück, wie man einen Anlauf nimmt, um sich kopfüber ins Wasser zu stürzen. Er hielt sie umschlungen, und sie wehrte ihm mit ihrer eintönigen, rauhen Stimme, die ihn noch mehr aufregte: »Still – du hast geschworen – still – halt mich ganz still – so – nein! – so, ja, so – Du mußt gleich gehen, gleich, doch, gleich!«

Aber dann schob sie ihn mit dem Knie von sich fort und beugte sich lauschend vor. Es klopfte an die Tür; und jemand rief leise: »Martha.« Mit einem Satz war sie in ihrem Bett und hatte sich bis an den Hals zugedeckt. Michael lag auf den Knien und blickte bald auf Martha, bald nach der Tür ... Sie sah ihn böse an und rief halblaut, so, als zwitscherte sie vor Entzücken:

»Ich komme! Geh nur, ich bin gleich bei dir«, rief sie.

Während er lauschte, wie der Mann draußen sich entfernte, wankte Michael auf den Knien schwerfällig hin und her, Martha sah ihn, schon plötzlich aufschluchzend, vornüberfallend. »Michael«, mahnte sie herrisch, »sei ein Mann.« Unter ihrem unbegreiflichen, bösen Blick kam er auf den Knien zu ihr, lautlos sank er über sie. Martha hob seinen Kopf, um zu sehen, ob er weinte. Da schlug er die Augen auf und lächelte sie hilflos an.

Einen Augenblick war sie verwirrt und streichelte ihm liebkosend übers Haar, aber schon schüttelte sie heftig den Kopf und sagte, daß er sofort aufstehen und gehen müßte. Er starrte sie lange an und fragte dann, weshalb? Er wisse es, antwortete sie frech. Zu ihm? Er richtete sich auf und zog seine Arme an sich. Ja, sagte sie, und die Angst überkam sie vor seiner lauernden Ruhe. So liebe sie den – Baron? Er hob die Bettdecke auf und setzte sich neben sie. Sie drückte sich furchtsam an die Wand, aber sie antwortete.

Ja, ja, sie liebe den Baron, ihn allein. Ihm gehöre sie – sie kroch zusammen wie eine Katze und wartete auf den Angriff – ihm ... allein.

»So«, sagte er ruhig, »also so eine bist du«, nahm sie, zog sie mit einem Ruck zu sich herüber und warf sich über sie.

Martha hämmerte mit der ausgestreckten Hand gegen die Wand, er griff die Hand und drückte sie nieder, sie schrie: »Edouard! Zu Hilfe!«, er riß ihr das Kissen unter dem Kopf weg und preßte es ihr ins Gesicht. Sie rangen lautlos. Er hob sie gerade auf, um sie zum letztenmal niederzuwerfen, da wurde die Tür des Zimmers gesprengt. Michael fühlte sich rücklings gepackt, zu Boden geschleudert, etwas zerriß ihm das Gesicht.

Der Baron stand im Schlafanzug vor ihm und winkte mit der Hundepeitsche. Er war ein großer breitschultriger Mann mit einem viereckigen Kinn, aber Michael warf sich in blinder Wut an seine Beine und brachte ihn zu Fall. Es half ihm nichts. Der Baron schleppte ihn aus dem Zimmer und den Korridor entlang zur Treppe, auf die er ihn mit einem Fußtritt hinunterstieß.

Ein Stockwerk tiefer nahmen ihn zwei Lakaien in Empfang und warfen ihn die nächste Treppe hinunter, und unten standen der Obergärtner, der Kutscher und der Koch, die hoben ihn auf, trugen ihn im Eilschritt ans große Tor, wo die Frau des Obergärtners ihm die Schlüssel aus der Tasche nahm, und warfen ihn, wie er war, auf die Straße.

Sie hatten ihn kaum fallen lassen, da war Michael schon wieder auf den Beinen und ging, ohne sich umzusehen, hastigen Schrittes zum Bahnhof. Er nahm in seinem Geiste durch, was geschehen war, seitdem er Marthas Zimmer betreten hatte. Wenn er zu Ende war, begann er wieder von vorn. Er stand eine Stunde später vor den Räumen des deutschen Leseklubs, und es war ihm nichts anderes in den Sinn gekommen. Erst als er die Tür verschlossen fand, fiel ihm ein, daß die Kameraden vor allem erst mit seinem Erlebnis vertraut gemacht werden müßten. Da er gleichzeitig nach den ersten Worten suchte, mit denen seine Schilderung beginnen sollte, stellte sich ihm auch gleich die ganze Schwierigkeit des Unternehmens vor. Er verharrte nicht länger dabei, weil er an der Tür einen schmalen Streifen Papier entdeckte, auf dem die Adresse des Präsidenten, Herrn Hirsch, vermerkt war.

Herr Hirsch wohnte in Enghien, einem nördlichen Vorort, dessen Namen Michael nie gehört hatte. Er ließ sich von einem Polizisten über den Weg belehren und kam nach einer weiteren Stunde in Enghien an. Zu seinem Schreck waren ihm unterwegs Straße und Hausnummer entfallen, aber der erste Mensch, an den er sich mit der Frage nach Herrn Hirsch wandte, konnte ihm Bescheid geben, der nächste, den er ein Wegstück weiter ansprach, ebenfalls, und so ließ er sich von denen, die ihm in dem Labyrinth von üppigen, zwischen Vorgärten gebetteten Wegen begegneten, bis vor das kleine schmucke Haus des Herrn Hirsch weisen. Eine Kirche läutete Mittag, und es roch nach Braten. Auf sein Klingeln wurde ihm von einem schwarzgekleideten Dienstmädchen in weißer Schürze und weißem Häubchen geöffnet. Das Mädchen sah ihn mit einem Ausdruck ängstlichen Staunens an und behielt die Türklinke in der Hand. Michael wollte sie gedankenlos zur Seite schieben, aber sie drückte mit ihrem ganzen Gewicht gegen die Tür, so daß er in den Spalt zwischen der halbgeöffneten Tür und der Mauer zu stecken kam und sich nicht rühren konnte. Sie drückte und rief mit zeternder Stimme um Hilfe. Michael packte die Wut, er überschrie sie. Ob die ekelhaften Französinnen denn alle gleich um Hilfe brüllen müßten, fragte er und anderes, worauf er keine Antwort erwartete, was ihn aber erleichterte. Vielleicht war er auch unbewußt in der Vorstellung befangen, daß er es mit einer Schwester oder wenigstens einer Verwandten Marthas zu tun habe.

Herr Hirsch, der in einem seidenen Schlafanzuge erschien, machte dem Auftritt ein Ende, indem er Michael mit einem Feldherrnblick und dem Zeigefinger, den er ihm drohend auf die Brust setzte, ins

Freie drängte. Nachdem dies geschehen war, öffnete Herr Hirsch ein Fenster in der Tür und begann durch das Gitter umständlich in Michaels Augen zu forschen.

Seit seiner Schulzeit hatte Michael keinen so strengen Mann gesehen. »Wer sind Sie?« fragte Herr Hirsch, und bevor Michael noch hatte antworten können, setzte er, etwas lauter und jede Silbe betonend, hinzu: »Was wollen Sie?«

Michael erinnerte sich, daß Herr Hirsch schon oft im Leseklub mit ihm gesprochen, noch öfter ihm die Hand gedrückt hatte. Aber dessen Benehmen wunderte ihn nicht groß, teils, weil Herr Hirsch sozusagen sein Vorgesetzter war und Michael zudem vermuten konnte, daß seine Flucht vom Weihnachtsbaum nicht unbekannt geblieben sei, teils, weil er es dem unerbittlichen Ernst der Lage angemessen fand. Er nahm sich zusammen, um das Examen mit Ehren zu bestehen und dadurch sein Anrecht auf Schutz und Hilfe zu erweisen. Seine Antworten waren kurz und klar. Herr Hirsch gewann sichtlich Vertrauen. Er stellte sogar Fragen, die ihm, wie er sagte, geeignet schienen, gewisse Einzelheiten deutlicher zu machen und ihn über den sehr interessanten Charakter der Dame aufzuklären. Michael gab sie ihm, so ausführlich und genau, wie Herr Hirsch sie nur wünschte. Er war über die Leichtigkeit, wie er das alles erzählte, selbst so überrascht, zugleich so erfreut über die sichtliche Teilnahme des andern, daß er an den Stellen, die dessen Aufmerksamkeit in besonderem Maße fesselten, ihm zuliebe gern ein wenig übertrieb.

Herr Hirsch hatte feuchte Augen bekommen und hielt sich mit den Händen am Gitter fest. Er folgte mit solcher Spannung, daß sich die Nase zwischen zwei Stangen des Gitters Michael entgegenstreckte, und er verharrte in dieser Stellung, als Michael schon mit seiner Erzählung zu Ende war.

Der Junge sah den Hingerissenen und hielt die Schlacht für gewonnen. Jetzt kam der Augenblick, Forderungen zu stellen. Er kannte sie, auf einmal waren sie da, und er wollte ihnen, wo sie so bestimmt auftraten, nicht kleinmütig ausweichen. Er überflog sie. Herr Hirsch würde vor die versammelten Mitglieder des Leseklubs treten und nach Bekanntgeben des Sachverhalts ausrufen: »Freiwillige vor!« Es meldeten sich natürlich zu viele. Sie mußten unter sich zwanzig auslosen, die Herr Hirsch unter Michaels Befehl stellte. Dann ginge es an die Ausarbeitung eines Feldzugplans mit dem Ziel, den Baron in seinem Haus zu überrumpeln und zu züchtigen – von Treppe zu Treppe bis vor das große Tor –, wobei die Baronin beruhigt und über die Treulosigkeit ihres Gatten aufgeklärt würde, dann Martha gefangenzunehmen und im Automobil nach Paris zu schaffen. Im Klub würde man sie vor die Wahl stellen, entweder sich naturalisieren zu lassen und unter die Sittenkontrolle zu kommen oder nach Hause zu fahren und in einer Besserungsanstalt untergebracht zu werden. Den Lakaien, dem Obergärtner, dem Koch und dem Kutscher, die verblendete, irregeführte Proletarier waren, sollte nichts geschehen.

Als Michael soweit war, fand er es klug, bei Herrn Hirsch mit dem letzten, dem Akt der Gnade und Gerechtigkeit, anzufangen. Nur schien Herr Hirsch plötzlich ermüdet. Er richtete sich gerade auf und sagte wehmütig: »Ja, diese Weiber. Da kann man nichts machen ... Nichts machen ... Seiner Frau erzählt er natürlich ... natürlich ... daß er das Fräulein ... vor einer Vergewaltigung ... gerettet ... hat. Ja!« ... Er stand hinter dem Gitter, die Hände in den Taschen des Schlafanzuges, und träumte tiefbetrübt vor sich hin. »Wenn Sie zur Polizei gehen ... werden Sie bestraft ... wegen versuchter Vergewaltigung. Ja! ... Oder zum mindesten ausgewiesen ... Und es gibt eine Deutschenhetze ... in den Zeitungen.« Er steckte zwei Finger durch das Gitter und wiederholte mit einer Stimme, in der echte Wehmut wie eine Saite klang: »Da ist nichts zu machen. Leben Sie wohl, junger Freund. Unser Stellennachweis wird um vier Uhr geöffnet.« Da Michael die Finger nicht nahm, obwohl sie ihm wiederholt bekümmerte Zeichen machten, zog Herr Hirsch sie zurück und schloß das Fenster: vorsichtig, als wollte er nicht die Stimmung stören oder den andern nicht reizen. Michael spuckte auf das Fenster und ging. Er wußte schon, wohin. Zur deutschen Botschaft.

Mit dem Botschafter selbst zu sprechen, wie er mit trotziger Unterwürfigkeit verlangte, gelang ihm nicht. Um so mehr war er entschlossen, dem langen dürren Herrn mit der goldenen Brille auf der Habichtnase keine richtige Auskunft zu geben. ›Kanzleirat‹ hatte er an der Tür gelesen. Einen Kanzleirat gab es bei ihm zu Hause auch, und Michael war mißtrauisch geworden gegen seinesgleichen. Nur einem hohen Herrn wollte er sich eröffnen, wahrscheinlich, weil er bei dem ein höheres Maß von Ehrgefühl voraussetzte. Der Kanzleirat hatte die Beine übereinandergeschlagen und spielte nachlässig mit einem schwarzen Lineal, was sein gemäßigtes Interesse für den zwei Schritte vor ihm sitzenden Bittsteller vorzüglich zum Ausdruck brachte. Sein Kollege in Michaels Heimat hielt es genauso, nur pflegte der das Lineal auf dem Tisch zu rücken, bis es nach Überwindung unsichtbarer Hindernisse einen rechten Winkel mit der Tischkante bildete, wohingegen dieser hier das Lineal am Ende des aufgestützten und steifgehaltenen Arms mit losem Handgelenk wie einen Taktstock spielen ließ. Michael ersah aus den gemächlichen Vorbereitungen des Kanzleirats auf eine Geduldprobe, daß dieser den Zweck seines Besuchs mit der Zeit doch zu erfahren hoffte und daß er jedenfalls auf eine glaubwürdige Auskunft bestehen werde. Als er darauf etwas von einem Staatsgeheimnis stammelte, ließ der Herr mit einem erstaunten, elegant hervorgestoßenen »Ah!« das Lineal von der Nase auf den Schenkel fallen, musterte Michael mit einer Aufmerksamkeit, die nicht ohne Respekt war, und sagte: »Militärisch?« Michael lächelte verständnisvoll. Er dachte, daß das für ein Staatsgeheimnis genügte. Aber der Kanzleirat wiederholte eindringlicher: »Militärisch?« Da ließ er sich herbei, mit einem leichten Kopfnicken zu bejahen. Der andere meinte, daß er dazu doch nicht den Botschafter brauchte, vielmehr sei Herr von Soundso mit dem Ressort betraut, der allerdings schon weggegangen sei, aber ... Der Kanzleirat schien nach einem Blick auf Michael einen Entschluß gefaßt zu haben. Er brach seine Vorstellungen ab und erhob sich. »Nun gut, ich werde Sie beim Botschafter melden. Gedulden Sie sich eine Minute.« Er verschwand in einer gepolsterten Tür, durch die er einen Augenblick später auch Michael schob. Sie kamen durch eine leere Schreibstube und durch eine zweite Tür in einen kleinen roten Salon. Hier klopfte der Kanzleirat an. Eine Stimme antwortete, der Kanzleirat öffnete und schob Michael in ein Zimmer, wo ein schwarzgekleideter Herr mit weißen Gamaschen an den Füßen auf ihn zutrat und ihn mit einer leichten Verbeugung zum Sitzen einlud.

Der Kanzleirat war verschwunden. Michael saß allein dem jungen, höflich lächelnden Herrn gegenüber, der für ihn der Botschafter war. »Bitte«, sagte der, »wollen Sie sprechen!«

Michael begann damit, daß er seine List eingestand. Das entlockte dem Herrn ein Lachen, das seine wundervollen weißen Zähne entblößte. Michael fand den jungen Herrn hübsch und liebenswürdig, und er schloß daraus, daß er recht gehabt habe, sich nur dem Botschafter selbst erschließen zu wollen. Mit seiner Erzählung kam er allerdings nicht so weit vom Fleck wie vor dem Fenster des Herrn Hirsch. Dafür geschah das Erstaunliche, daß sein freundlicher Nachbar ihm mittendrin das Wort abnahm und kurz sagte, was hernach geschehen war. Und er setzte, nachdem er ihn aufmerksam betrachtet hatte, gleich hinzu, was jetzt getan werden müßte. »Sie bleiben ruhig in der Botschaft, und ich fahre nach Suresnes, sage dem Baron die Meinung und lasse Ihr Gepäck herschaffen. Unser Obergärtner sucht einen Gehilfen, Sie kommen also wie gerufen. Sie bleiben bei uns, hier kann Ihnen keiner was anhaben, es sei denn, daß er mit dem Deutschen Reich Krieg anfangen wollte. Später heiraten Sie ein braves Weib und richten sich mit der Geldbuße, die der Baron für Sie zahlen muß, ein kleines Paradies ein. Und wenn der Obergärtner pensioniert wird, treten Sie an seine Stelle. Ihr Militärverhältnis wird von hier aus geregelt. Nicht wahr? So, und nun bleiben wir gute Freunde.« Damit stand er auf, schüttelte Michael die Hand, drückte auf den Knopf einer elektrischen Klingel und sagte dem Lakaien, der hereintrat: »Das ist der neue Gärtner. Zeigen Sie ihm sein Zimmer und seien Sie ihm behilflich, bis er sich hier auskennt. Übrigens ...« Er zog Michael zur Seite und sagte leise: »Hüten Sie sich, mit irgend jemand von Ihrem Erlebnis zu sprechen. Sie würden nur Spott ernten. Es bleibt ein Geheimnis zwischen uns.«

Als Michael in seiner Kammer allein war, fiel er auf die Knie und betete inbrünstigen Herzens, wie er seit Jahren nicht mehr, wie er vielleicht noch nie gebetet hatte. Er hob das tränenüberströmte Gesicht zum bestirnten Himmel, der durch das kleine Fenster zu ihm hineinschien, und dankte mit ausgebreiteten Armen für seine wunderbare Errettung aus Schande und Not. Aus den Sternen kam die große

Klarheit in sein Gemüt, ein Strom von Licht wusch alle Häßlichkeiten fort, die ihn befleckten, und verwandelte sein Herz in einen großen schweren Spiegel, auf dem nicht eines Hauches Trübheit lag. Er betete auch für Martha, an die er ohne Haß dachte, wohl aber mit einem Mitleid, in dem Reue und vielleicht sogar ein wenig Liebe war. Durch seine Träume ging der junge hübsche Herr und zeigte lachend seine wundervollen, weißen Zähne.

Michael wurde der Liebling im Hause. Alle mochten ihn gern, vom gewaltigen Majordomus, der ihn mit zärtlicher Betonung das Sonnenkalb nannte, bis zur Tochter des Obergärtners, die in der großen Küche das Geschirr spülte. Sie selbst aß bei den Eltern. Michael war am Tisch der Platz neben ihr eingeräumt worden. Sie hieß Louise und wurde Louison gerufen, sie hatte hellbraune Haare, die in der Sonne blond schienen, eine weiße Haut, auf der noch die Sommersprossen, vom vergangenen Sommer zu sehen waren, und große, runde blaue Augen, dazu zwei Reihen blanker Puppenzähne, hinter denen sich ein rosiger Mund öffnete. Von diesem Mund hatte der Graf Solm im Beisein Michaels gesagt, daß er eine kleine rosige Höhle sei, worin sich die Zunge wie ein großer Goldfisch tummelte. Dabei war seine Hand sanft über Louisens Haar gefahren; Michael und das Mädchen hatten ihm mit demselben leuchtenden Augenaufschlag gedankt. Seitdem brauchte der Graf nur nah oder fern vorüberzugehen, damit eins an das andere dachte. Wenn sie zusammen waren, im Garten oder im Zimmer, blickten sie gleich lächelnd zueinander hinüber. Er war der gute Geist, der ihre Gedanken in Wohlgefallen vereinigte. Daß der Graf nicht der Botschafter war, hatte Michael schon am Tag nach seinem Eintritt erfahren, aber seltsamerweise war sein Beschützer ihm deshalb nur vertrauter geworden, um so mehr, als der wirkliche Botschafter, den er am selben Tag kennenlernte, ihn durch eine gewisse, allerdings recht vornehme Greisenhaftigkeit enttäuscht hatte. Nach reiflicher Überlegung erkannte Michael in der Vorspiegelung des Kanzleirats sogar eine vom Botschaftsrat angeordnete oder doch zum mindesten gebilligte Notlüge, der er schlechterdings alles Gute verdankte: die erste Wohltat, die ihm erst aufgedrängt werden mußte, damit die anderen folgen konnten. Zuweilen wollte die Mühe, die der Graf sich mit ihm gab, ihn schier bekümmern. Er zog deshalb Louise zu Rate, von der er die einzig richtige Antwort bekam, daß er eben dem Herrn ausnehmend gefalle; und da dessen Wohlgefallen sich auch auf sie erstrecke, so hege selbiger offenbar die Absicht, seine beiden Lieblinge zusammenzutun.

»Wogegen«, ergänzte Michael schwungvoll, »die Lieblinge nichts einzuwenden haben.«

Die leichte, elegante Art des Grafen begann auf Michael abzufärben. Auch war Louisens eignes Wesen so, daß es zur Liebenswürdigkeit geradezu zwang, wenn man sich recht mit ihr verstehen wollte. Um mit ihr Schritt zu halten, mußte man sich den gleitenden Bewegungen ihres Körpers anpassen; um an ihrer leicht beschwingten, wenn auch im Unterton immer ein wenig schwermütigen Unterhaltung teilzuhaben, die Gelenke locker halten; darauf bedacht sein, den Ball, den sie einem anmutig zuwarf, mit schnellem und leichtem Griff aufzufangen und auch sie artig zu bedienen.

Eines Abends, in der Dämmerung, sah Michael, der in einem verlassenen Winkel des Gartens einen Starkasten ausbesserte, Louise mit dem Grafen aus einem Hinterpförtchen des Hauses treten und schnell auf eine Laube zugehen. Sie führte ihn an der Hand, und es schien, als ob er nur widerwillig folgte.

Im Sommer mochte die Laube von den Fliederbüschen bedeckt und ganz in wildem Wein eingesponnen sein, jetzt hingen nur spärliche Efeusträhnen über die Holzgatter, und Michael konnte deutlich sehen, wie Louise mit einer Bewegung, als bücke sie sich, in die Laube trat, und wie beide am runden Steintisch Platz nahmen. Sie saßen einander gegenüber, die Arme auf dem Tisch. Louise hielt die Hände des Grafen, so verharrte sie wortlos, unbeweglich, das matte Gesicht gegen sein dunkleres gehoben. Er sprach leise auf sie ein, sie rührte sich nicht. Dann plötzlich nickte sie, und der ganze Oberkörper machte die Bewegung mit. Sie zog seine Hände an den Mund, legte sie eine nach der anderen auf den Tisch zurück, erhob sich und ging davon. Das alles geschah sehr schnell und machte auf Michael den Eindruck einer großen Entschlossenheit. Er nahm sich ein Herz und eilte zum Grafen hinüber, der in der Laube sitzen geblieben war. Der sah ihn kommen, schien ihn aber zuerst nicht zu erkennen. Er saß zurückgelehnt, die Hände lagen schlaff auf der Tischplatte, wie Louise sie hingelegt hatte. Er sah Michael mit leeren Augen an, ohne auf dessen Gruß zu antworten. Michael, der in großer Verlegenheit mit seiner Mütze spielte, mußte zuerst das Wort ergreifen. Er sagte, daß er Louise gebeten habe, seine Frau zu werden, sie aber zuerst mit dem Grafen habe sprechen wollen; worauf ihr von ihm erwidert worden sei, daß der Graf selbst ihn auf den Gedanken gebracht habe, zu heiraten und später einmal der Nachfolger des Obergärtners zu werden. Im übrigen sei auch er der Meinung gewesen, daß die Sache mit ihm, dem Grafen, besprochen werden müßte, denn ihm und ihm allein hätten sie beide alles zu verdanken. Nun habe er, Michael, sie und den Grafen hier sitzen sehen und wohl erkannt, daß der Graf eifrig für ihn eingetreten sei. Er glaube, den weiteren Verlauf des Gesprächs so deuten zu dürfen, daß Louise dem Grafen sozusagen für ihn, Michael, das Jawort gegeben habe. Bevor er es sich nun selbst bei Louise hole, wolle er dem Grafen danken. Die Rührung übermannte Michael, er warf sich über die Hände vor ihm auf der Tischplatte und küßte sie. Sie wurden ihm heftig entzogen. »Nicht!« rief der Graf, aber gleich darauf griff er selbst nach Michaels Händen und sagte mit seinem hübschen Lächeln, doch seltsam traurig: »Wenn Sie wüßten, Michael, wie sehr ich mich Ihnen jetzt verbunden fühle; als ob wir Jugendfreunde wären! ... Setzen Sie die Mütze auf!« Nach einer Weile fügte er hinzu: »Es gibt keine Höhen und Tiefen im Leben, nur Augenblicke, wo man empfindet, und die vielen übrigen, wo einem das Leben keine Zeit dazu läßt.«

Wieder herrschte eine Stille, von der Michael sich bedrückt fühlte, ohne zu wissen, warum. Er ging neben dem Grafen den Weg zurück, den dieser mit Louise gekommen war. An der Tür angelangt, blickte Solm ihm in die Augen, und das Lächeln kam ihm wieder, als er zum Abschied sagte: »Sie kriegen ein schönes, tapferes Mädchen zur Frau, Michael, und ich glaube dafür einstehen zu können: ein *unverdorbenes* ... Und«, rief er jetzt lachend aus, »ich glaube, Sie wissen selbst, was das wert ist!«

Er verneigte sich nach Herrenart vor Michael, der nun auch die Erklärung für das merkwürdige Benehmen des Grafen gefunden hatte, nämlich, daß er heimlich in Louise verliebt gewesen sei und es vermutlich erst jetzt gemerkt habe, als bereits die Stunde der Entsagung schlug.

Am selben Abend gab Louise Michael das Jawort, indem sie ihn bei den gelben Locken packte und ihn abküßte, wie kleine Mädchen mit kleinen Buben tun. Dann nahm sie seinen Kopf an ihr Herz und wiegte ihn. Michael hörte, wie sie leise vor sich hin weinte, aber er fragte nicht und versuchte nicht, sie zu trösten, weil er fühlte, daß sie es so haben wollte und daß es so am besten war.

Am nächsten Tag verließ Graf Solm die Botschaft. Es hieß, daß er telegraphisch abberufen und in den Orient versetzt worden sei. Er hatte keine Zeit mehr gehabt, sich von Michael und Louise zu verabschieden, aber der Obergärtner zeigte seinem zukünftigen Schwiegersohn ein Heftchen, das er ein Scheckbuch nannte. Für jedes Blättchen bekam man in der Bank bares Geld ausbezahlt, damit sollte die Einrichtung angeschafft werden, und wenn alles Nötige gekauft wäre, blieben noch einige Tausender übrig, die auf Zins angelegt würden und dann Geld einbrächten, ohne daß man es erst zu verdienen brauchte. Michael wollte möglichst bald heiraten. Er überredete Louise, nicht länger zu warten, als die gesetzliche Frist es nötig machte. Nachdem sie eingewilligt hatte, begann für ihn eine Zeit restlosen Glückes.

Michael und Louise hatten Urlaub bekommen, um die Vorbereitungen für ihren Ehestand zu treffen. Sie kaufte ihm einen schönen karierten Anzug, Hemden, Kragen, Strümpfe und Schuhe, wie er solche nie getragen hatte. Sie selbst trat ihm eines Morgens in einem Schneiderkleid entgegen, das ihn veranlaßte, sie mit einem ehrfürchtigen »Madame« zu begrüßen. Sie waren ein stattliches Paar und wurden in den Kaufläden wie Herrschaften behandelt. »Siehst du«, erklärte Louise, »so werden wir später nur sonntags sein. Aber bis zur Hochzeit ist jeden Tag Sonntag.« Michael maß die drei Kammern aus, die sie bewohnen sollten, dann wurden die Möbel ausgesucht. Dazu mußten sie natürlich zahlreiche Ausstellungen besichtigen, was um so mehr Zeit in Anspruch nahm, als es ihnen nicht gelingen wollte, auf den Wanderungen durch die Warenhäuser zur Möbelabteilung ihre Aufmerksamkeit von den vielen anderen Gegenständen abzulenken, die da lockend am Wege standen. Es war halt so, als ob ihnen plötzlich die ganze Welt angeboten würde und sie daraus nur so viel mitnehmen könnten, wie eben in ihre drei Kammern hineinging. Sie hielten aber darauf, sich auch an den Dingen zu erfreuen, die sie nicht gerade haben wollten, um sich wenigstens auf diese Weise schadlos zu halten. In Michaels Augen benahmen sie sich dabei so gut, daß er Louise gestand, ihm möchte es zuweilen scheinen, als ob für sie beide schon immer nur Sonntag gewesen wäre. Sie erwiderte, daß es sehr gut ginge und daß sie vor allem stolz sei auf seine gute Haltung, um die ihn die Kutscher zu Hause beneiden dürften.

Da sie beide denselben Geschmack hatten, erwiesen sich die ermüdenden Spaziergänge als eine Reihe von köstlichen Gelegenheiten, einander an hundert verschiedenen Punkten nahezukommen, ihre Neigungen und Abneigungen an ganz bestimmten Gegenständen zu erproben. Arm in Arm dahinzuschlendern und alles, was es nur gab, für sich gemeinsam zu haben. Wenn sie einmal verschiedener Meinung waren, so brauchte Louise sich nur an einem Möbelstück zu schaffen machen, etwa mit der flachen Hand darüberstreichen und ein andres, das sie mit dem ersten verglichen, an dieser und jener Stelle fest anzufassen, damit Michael sich dadurch und durch ihre erklärenden Worte überzeugen ließ. Dafür genoß er dankbar seine körperliche Überlegenheit, die es ihm ermöglichte, Louise fortwährend behilflich zu sein: ihr einen Weg durch die Menschen zu bahnen, sie mit seinem Schutz zu umgeben, wo sie auch stand und ging, ein Glas Limonade oder ein Brötchen zu holen, bevor sie noch danach verlangt hatte. Die größte Freude des Tages war zu spüren, wie sie an seinem Arm ermüdete und immer schwerer wurde, bis er sie fast wie ein Kind halb ziehen und halb tragen mußte. Hatte er sie bei den Auseinandersetzungen mit den Händlern wegen ihrer scharfzüngigen Wehrhaftigkeit bewundert, so liebte er sie jetzt, wo sie erschöpft war, wegen ihrer tiefen, wehmütig heiteren Zärtlichkeit und – was der Inbegriff dieser Zärtlichkeit war – wegen des breiten, ein wenig geöffneten Mundes in dem blassen Gesicht, der auch erschlafft schien, aber alle seine Worte und Blicke, ewig erwartungsvoll, wie leise Küsse entgegennahm.

Die heftigen Bewegungen und Worte standen ihr nicht, und im Grund fühlte sich Michael bei aller Hochachtung doch oft recht unbehaglich, wenn er bei den Wortgefechten danebenstehen und lauern mußte, ob sich in den Mienen der Kommis ein Mißfallen an seiner Braut verriete. Davor fürchtete er sich, weil er unfähig gewesen wäre, im rechten Augenblick mit zulänglichen Mitteln einzugreifen.

Einmal hatte sie sich im Gedränge auf den großen Boulevards umgedreht und einen Herrn geohrfeigt, daß dem der Hut vom Kopfe geflogen war. Der Herr sprang seinem Hut nach und kam nicht wieder zum Vorschein. Als Michael sie in heller Aufregung fragte, was geschehen sei, antwortete sie ruhig, daß der Kerl sie in den Rücken gekniffen habe. Michael wurde die Sorge nicht mehr los, daß der Auftritt sich wiederholen könnte. Er hatte immer den Eindruck, daß er dicht vor einer Prügelei stand. Aber abends, auf dem Heimweg, war Louise vollkommen. Michael redete sie heimlich als die süße Mutter seiner Kinder an.

Zuletzt wurde in langen, sorgsamen Besichtigungen und inbrünstiger Auswahl gesammelt, was Louise an Kleidern und Wäsche haben sollte. Hierbei erfuhr Michael vieles, wovon er nicht die geringste Ahnung gehabt hatte. Die Frauen gingen keineswegs im großen und ganzen auf dieselbe Weise gekleidet, und daß eine Frau so und so gekleidet war, wie die Männer sich eben auf ihre Weise anzogen, war noch lange nicht das Wesentliche daran. Der Reiz einer Frauenkleidung bestand nicht nur einfach darin, daß sie auf gröbere oder feinere Art eine Frau verhüllte. Es gab unendliche Abstufungen. Ein Wäschegeschäft kam ihm vor wie ein Paradies der zartesten Dinge, die ein Mann nur mit den Fingerspitzen berühren durfte. Louise zeigte ihm Stücke, die er nicht anzurühren wagte aus Angst, daß sie wie Asche zusammenfielen. Die Frauen schmückten sich nicht nur mit Broschen, Armbändern und Ringen, o nein, sie kleideten sich heimlich in Stoffe, die so leicht waren wie der Wind, der einem über die Hand streicht, und so fein wie Himmelweiß und die zartesten Farben des Sonnenuntergangs. Michael fühlte eine ganz neue Art von Zärtlichkeit in sich wachsen, und so, als ob sein Blut davon dünner und kostbarer würde. Er brauchte sich nicht mehr zusammenzunehmen, um Louise nicht derb anzufassen, er kam nicht mehr in Versuchung, ihr mit plumpen Scherzen zuzusetzen. Denn sie hatte Dinge an sich, die sie schön machten, die ein Teil von ihr waren und die er nicht zerknittern durfte. Als er einmal an später dachte, wenn sie keine Heimlichkeit mehr vor ihm hätte, zeigte er Louise seine Arbeiterhände und fragte, ob sie nicht fürchte, daß er ihr allerhand zerrisse, wenn er ihr helfen wolle, oder ihr gar weh täte, da strich sie ihm leise mit den Fingern darüber und antwortete mütterlich: »Du wirst sehn, wie flink sie laufen lernen!« Sie wurde ja nie ungeduldig, zeigte ihm nie ein unzufriedenes Gesicht, selbst wenn er fühlte, daß er sie kränkte oder ärgerte. Schlimmstenfalls schalt sie ihn scherzhaft wie ein verwöhntes Kind. »Weißt du nicht«, sagte sie dann, »daß du der liebste Mensch bist, den ich habe, und daß ich die treueste, zärtlichste Frau sein werde, die ein Mann haben kann – warum tust du da nicht mehr, um mir Freude zu machen? Komm, küsse mich und sei nett!« Michael küßte sie und folgte ihr blindlings.

Eines Tages saßen sie in der eingerichteten Wohnung und nahmen die erste Mahlzeit ein, die Louise in der eignen Küche zubereitet hatte. Die ›Probemobilmachung‹, wie Michael sich ausdrückte, verlief zu ihrer Zufriedenheit. Louise ordnete noch einmal alle Schubläden, Michael versuchte Schlösser und Scharniere und putzte die Messer, dann trennten sie sich zum letztenmal. Tags darauf wurden sie getraut.

Das Kind, das Louise im siebenten Monat ihrer Ehe zur Welt brachte, war so zart, daß man die Knochen durch die Haut und das fließende Blut in den Adern zu sehen glaubte. Michaels Schwiegereltern betonten, daß solches bei einer Frühgeburt nicht überraschen konnte, und der Arzt, den Michael besorgt über die Lebensfähigkeit des Kindes befragte, meinte, daß der Kleine trotz der scheinbaren Schwäche voraussichtlich gut gedeihen werde. In seiner Freude darüber ließ Michael die Absicht verlauten, seine Eltern telegraphisch über die Geburt eines Stammhalters in Kenntnis zu setzen. Als die Schwiegereltern ihm entgegenhielten, daß es nicht unbedingt nötig sei, sein Geld für Depeschen hinauszuwerfen, besann er sich auf einen

Jugendfreund, der in Köln eine gutbezahlte Stellung hatte und von dem er vermutete, daß er ihm die Ausgaben für das Telegramm zurückerstatten werde. Das meint man oft, entgegnete der Schwiegervater, und nachher bleibt man dran hängen. Aber Michael mußte nun einmal die Nachricht von dem großen Ereignis in die Welt hinausbringen. »Ich hab's!« rief er und zog triumphierend durchs Zimmer, als ob er seinem Einfall eine Fahne voraustrüge. »Wir telegraphieren an den Grafen!« Er fügte, um den letzten Widerstand zu beseitigen, hinzu: »Dem sind wir's schuldig! Der hat dem Baron in Suresnes das Bußgeld abgenommen, ohne das wir nicht hätten heiraten können.«

Der hagere Obergärtner, der sonst das verwegene Aussehen eines alten Zuaven hatte, sah ihn ganz verdutzt an, hob die Schulter und ging mit einem wütenden Gesicht aus dem Zimmer. Die korpulente Schwiegermutter hatte sich nach einem erschrockenen Blick auf ihren Gatten umgedreht, um mit dem Schürzenzipfel einen Flecken auf dem Büfett abzureiben. »Dann nicht«, sagte Michael, aber in seinem Innern beschuldigte er die Schwiegereltern des Geizes. Louise sollte ihm durch ein Machtwort helfen. Als er in das Schlafzimmer eintrat, hatte sie den Säugling neben sich liegen und sah ihn aufmerksam an. Michael kniete neben dem Bett nieder und küßte seine Frau über den Kleinen hinweg auf die Stirn, dann betrachteten sie zusammen ihren Sohn. Louise sagte, ohne den Blick zu heben: »Er gleicht dir nicht, Michael. Aber ich habe dein Bild in meinen Augen, wachend und im Schlaf, und ich glaube, ich hätte es noch darin, wenn ich tot wäre, und ich will ihn ansehn, so lange ansehn, bis er dir gleicht. Und ich habe dich ja nicht nur in den Augen, sondern ganz in mir, drum bist du auch sicher in der Milch, die er trinkt. Gib acht, in ein paar Jahren, da ist er dein!«

Michael antwortete ausgelassen: »Aber erstens gleicht er mir, und zweitens gehört er uns beiden«, und legte zärtlich seine beiden großen Hände um den winzigen Kopf. Seine Frau drückte ihre Wange gegen die gewaltige Hand, die so sanft sein konnte. »Kleine Kinder gehören allein der Mutter. Sie brauchen nur die Mutter. Ihr seid meist nur unbequem. Aber ich will, daß er mit aller meiner Liebe dir gehört –

erst dir ganz allein und dann, wenn er soweit ist, auch mir wieder und uns zusammen.«

Sie richtete sich mit einer großen Anstrengung auf, griff ihn bei den Locken und küßte, grub sich in seinen Mund, sie glitt von seinem Mund und sank in die Kissen. Ihre großen, runden blauen Augen schwammen in einer unaussprechlichen Klarheit. Als ob von Zeit zu Zeit ein Tropfen himmlischen Feuers in sie fiele, glänzte es bald hier, bald dort silbrig auf. Diese Augen ruhten auf Michael. Es war eine Stille in ihnen wie über dem Meer. Sie sahen in aller Ewigkeit nur ihn.

Die Schwiegermutter, die ins Zimmer trat, rief: »Kind, wie verklärt siehst du aus!« und rollte zum Bett in der deutlich erkennbaren Absicht, Louise und das Kind unter ihrer Fülle zu begraben.

»Wir wollen allein sein«, sagte Louise abwehrend. Schnell nahm Michael die kleine dicke Frau in seine Arme, hob sie und drückte sie etwas zu fest an sich. Dann trug er sie in das Nebenzimmer und schloß nach einer höflichen Verbeugung die Tür hinter sich zu.

Der Säugling hatte angefangen zu schreien. Michael nahm ihn und trug ihn kräftigen Schrittes auf und ab, während Louise mit einer dünnen, zarten Stimme ein Wiegenlied sang.

Aïssé

Pondichéry an der Koromandelküste ist eine alte französische Provinzstadt, wie es sie in Frankreich selbst wohl kaum noch gibt. Sie liegt still und weiß mit großen Plätzen und winkligen Straßen, deren Namen die Schreibweise des vorigen Jahrhunderts beibehalten haben. Ich war an den Chefarzt des Hospitals empfohlen, und da wir nur zwei Tage bleiben sollten, beeilte ich mich, ihn aufzusuchen.

Ich traf ihn vor einem Pavillon inmitten von Palmen und gezirkelten Rasenflächen, auf deren Grün die Tulpen wie kleine bunte Laternen brannten. Die Palmen standen so dicht zusammen, daß sie ihre harten Wedel in der Höhe vermischten, doch schienen sich diese in dem grellen Licht, das sie tausendfach durchlöcherte, zu verflüchtigen, man bekam Schwindel, wenn man lange hinaufsah, der ganze Palmenwald fuhr mit einem in den Himmel. Um so zuversichtlicher kam dann der Blick auf den Rasen zurück, wo die Tulpen der Sonne tapfer standhielten, die sie mit Haut und Haaren aufzufressen drohte. Sie glichen eigensinnigen Kindern, die sich nicht von der Stelle rühren. Über die roten Sandwege, zwischen den Bäumen, in den Büschen voll Glanz und Dunkel flitzten die Mungos, halb Eichhörnchen, halb Wiesel. Die Europäer züchten sie und lassen sie auf die Schlangen los, die der Hindu nicht von Menschenhand getötet haben will, weil sie wie alle Tiere wandernden Seelen zum schicksalsvollen Aufenthalt dienen.

Wir wechselten die üblichen Begrüßungsworte und schritten durch den Palmenwald einem überhellen, zitternden Stück Horizont entgegen.

»Was ist das für ein magisches Licht, das sich dort hinter den Stämmen bewegt?« fragte ich und deutete auf die weiße Flamme.

Mein Begleiter blickte auf: »Ja, nicht wahr? Ein magisches Licht! … Und es ist doch nur eine Hauswand, die Wand eines Pavillons. Allerdings eines Pavillons in Südindien. Unsere schöne, schöne Sonne! Fast alle Europäer hassen sie … Ich bleibe einzig und allein ihretwegen hier … Vor zwei Jahren war ich zum letztenmal in Europa … Nie wieder! ... Schon im Mittelländischen Meer fühlte ich, wie der blaue Himmel über uns langsam hinwelkte, das Licht hing stumpf und schwer über einem kraftlos glitzernden Meer, das Fenster der Welt schien beschlagen. – Vierzehn Tage später landete ich in einem feuchtkalten Keller. Das war Europa. Jetzt bleibe ich hier bis zum Ende ...«

Wir betraten den Pavillon, der vom Rauschen der elektrischen Fächer erfüllt war und wo die Kühle duftete.

Der Arzt führte mich in ein großes Zimmer. Zwei Betten standen darin. Das eine war leer, in dem andern lag eine alte Hindufrau, das Gesicht tief in blauschwarzem Haar. Daneben saß ein Europäer, der sich bei unserem Eintritt erhob: eine magere, gebeugte Gestalt, unter Mittelgröße, jedoch auffallend breitschultrig, Haupthaar und Schnurrbart waren schlohweiß.

Das fahle Gesicht beunruhigten kleine, wimmelnde Augen. Aber als ihr Blick sich auf mich legte, empfand ich etwas zugleich Beklemmendes und Beglückendes, eine gütige Schwermut, die traurig machte und doch selbst vollkommen leidlos schien. Vielleicht ist das der Ausdruck des tiefen Glücks, das ja ebenso vereinsamt wie der große Schmerz.

Der Arzt machte uns miteinander bekannt.

»Herr Frémard ist ein hervorragender Beamter unserer Kolonie, der auf eine mehr als dreißigjährige Dienstzeit zurückblickt. Er leistet seiner erkrankten Frau Gesellschaft. Madame befindet sich auf dem Wege der Besserung.« Dann ließ er mich mit dem Franzosen allein.

Während ich mich auf einen Stuhl setzte, den der Franzose mir reichte, wobei er in reizend liebenswürdiger Weise die Unterhaltung begann, sah die dunkle, verwitterte Frau in den weißen Kissen uns reglos zu. Sie hatte jene sanften Hinduaugen, die schönsten Augen der Welt, die mich auf meiner Reise durch Indien begleitet haben wie eine immer erneute Gnade, Schatten und Kühle gewordenes Feuer. Mit einem Blick, der mühelos durch alle Dinge hindurchging, ohne Stoß sich umsah wie ein beständiger Wind, uralt und eben geboren – ein Ausdruck Gottes, ein Wunder. Oh, ich erinnere mich ihrer, ich vergesse sie nie: die seligen Augen, die Ewigkeit seliger Augen, die aus den uralten Liebesgesängen Indiens blicken, wie sie uns noch immer auf allen Straßen dieses Landes hundert- und tausendmal begegnen, Schatten und Kühle gewordenes Feuer, schwarzer Diamant, den die indische Sonne flüssig erhält, große dunkle Tropfen Seele, die, ganz langsam, durch das blendende Licht fallen. Wie war das lederne, knochige Gesicht, fast schon ein Totenkopf, von der Schönheit der tiefliegenden, wie schon halb versunkenen Augen überschwemmt!

»Ist Aïssé nicht schön?!« rief der Franzose. Die Frau verstand offenbar seine Sprache, denn sie verzog die harten Muskeln um ihren Mund zu einem Lächeln, einem Lächeln, das die zahnlosen Kiefer entblößte und zuckend über das ganze Gesicht kroch, dessen Häßlichkeit noch entstellend. Zugleich stieg aus ihren Augen eine Wolke schimmernden Dunkels: Glück!

Da rückte der Franzose mit dem Stuhl näher und berührte mein Knie:

»Darf ich Ihnen erzählen, wie ich Aïssé kennenlernte? Oh, es ist lange her, es war drüben in Frankreich, in Paris, unter der Regentschaft des Herzogs von Bourbon, jedoch ich entsinne mich genau des Morgens in Saint-Sulpice, wo mir bewußt wurde, welchen Schatz ich, der arme, kleine Chevalier d'Aydin, in Aïssé gefunden hatte.

Ich hörte stehend die Messe an. Wenn das Rascheln eines Kleides an mein Ohr drang, dachte ich an das Böse, das sich da rührte. Ein Räuspern, ein Degenklirren gemahnte mich, daß ich von Raubtieren umgeben war, die ihre Beute musterten, und, den Sprung berechnend, lautlos heranschlichen. Alle lauerten unruhig hinter der zur Schau getragenen Würde. Ihre Gedanken, unter denen sich Kleider, Perücken, Stöcke und Degen unausgesetzt wie in einem Luftzug bewegten, verwandelten das Heiligtum in einen Ort der überlegten, sorgsam vorbereiteten und dann, plötzlich, mit Peitschenhieben losgelassenen Laster. Saint-Sulpice war das *Palais Royal* am frühen Morgen ... Bald vergaß ich alle, die sich um mich rührten, bis auf eine, deren Stille anschwellend zu mir drang und mich einhüllte. Obwohl ich damals leider nicht mehr gläubig war, folgte ich doch der heiligen Handlung mit aufmerksamer Hingabe. Die sich steigernden Gebärden des Opfers reinigten auch mich, indem sie mit ihrer aus dem Dunkel der Geschlechter und meiner eigenen Kindheit wirkenden Kraft meine Sammlung vertieften. Alles, was vor der Welt den Herrn Chevalier d'Aydin ausmachte, fiel von mir ab, die tausend Nichtigkeiten, die sich in einem lautern Charakter festsetzen und an ihm zehren, starben, es blieb nur ein menschliches Herz, das an seine Güte glaubt. Als die Klingel rief und der Priester über der in die Knie gesunkenen Gemeinde die Hostie hob, empfand ich diesen Augenblick als den beglückenden Höhepunkt meines Zwiegesprächs mit dem Ewigen.

Ich hatte zwei Jahre am Rande der tollen Kirche gelebt, in der die Teufel Menuett tanzten, daß den armen Engeln das Entsetzen durch die steinernen Glieder rann und die Frommen vor dem Altar nicht aus ihren Gebeten aufzublicken wagten. Aber die Versuchungen hatten mich in meinem Winkel aufgesucht, Frauen ergriffen meine Hände und wollten mich in das Gedränge ziehen, wo die Wildheit der einen sich an der Berührung der andern entflammte, wo der Atem all dieser erhitzten Menschen, der Duft ihrer Blumen und Essenzen, die züngelnden, stachelnden Liebkosungen ihres Witzes und ihre tiefen Schreie eine Atmosphäre schufen, die wie eine glitzernde Glasglocke über ihnen stand. Die Stärke der Versuchung hielt mich zurück. Denn so sehr empfand ich die Gewalt des grenzenlosen Lustverlangens, daß ich meinte, ich müßte in wenigen Wochen tot oder als Krüppel zusammenbrechen, wenn ich dem grausamen Jagdruf meiner Sinne folgte. Wie andere mit unverletzlichem, weil demütigem Vertrauen an Gott glauben, so stellte ich all meinen Mut auf die Liebe. Meine Mutter war eine reine Frau, sinnlich, heiter und überlegsam, die ihren Mann liebte, nicht heute, gestern und morgen, sondern wahrhaft in Ewigkeit. Darum konnten Enttäuschungen, Schmerz und manchmal recht langer Gram kommen, sie bückte sich mit verhaltener Innigkeit unter dem Windstoß, der vorüberzog, ihr Mund blieb jung und ihre Liebe ein einziger Sommer. Sie konnte nicht rechten, weil sie an das Geschenk ihrer Liebe keine Bedingungen geknüpft hatte, und sie liebte auch nicht, um dafür belohnt zu werden. Sie liebte. Das war alles. Ich war ihr einziger Sohn. Und wenn sie mich auch nicht fromm erhalten konnte, so bewahrte sie mich doch stark und gerade.

Als ich, zweiundzwanzigjährig, nach Paris kam, stellte ich mich, über meine Unscheinbarkeit erfreut, belustigt und die Menschen nehmend, wie sie waren, aller Kamerad, ohne Furcht vor Gefahr und Verrat, unter die einströmenden Gäste des Karnevals, sah alles, nahm manchmal teil und suchte gleichzeitig mit den Blicken, ob nicht vielleicht irgendwo eine Frau stände und ihren wissenden Blick ebenso schweifen ließe … Sie saß vor dem jungen Herrn von Richelieu, der mit strahlendem Gesicht auf sie einredete! Ihre eine Hand hielt die andere fest umschlungen, und ihr Blick irrte hilfesuchend durch den Saal. Der Blick traf mich und verweilte; ich kam. Richelieu stellte mich vor. Ich verließ sie nicht an diesem Abend. Wochen, Monate warb ich um ihre Liebe, bis sie mich eines Tages fortschickte … Ich sollte sie vergessen … Und reiste acht Monate ins Ausland, kam zurück. Sie gab sich mir. Ich bot ihr meine Hand an, sie schlug sie aus und ließ mich versprechen, niemand zu sagen, daß ich sie habe heiraten wollen.

Alle Frauen von Paris zusammen hatten nicht so viel Liebeskraft, wie Aïssé in einer Stunde an ihren Geliebten hingab. Es war, als ob die Liebe der Welt in ihrem Herzen zusammenströmte. Sie war so voll Liebe, daß sie mich nur von weitem anzublicken brauchte: gleich fühlte ich in mir eine Quelle von Freude aufbrechen, die meinen ganzen Körper durchdrang und sogar verklärte, was um mich war. Ich ging in meinem eignen Schein. In Wahrheit trug ich nur einen Abglanz von Aïssé durch die Stadt. Sie aber leuchtete wirklich.

Das alles wurde mir an jenem Morgen in Saint-Sulpice klar.

Der Priester segnete die vornehme Welt, die diskret lärmend aufbrach und sich mit herrischen Mienen aneinanderdrängte, während sie dem Ausgang zuströmte. Die Männer streiften die Frauen, es wurden heimliche Händedrücke und eindeutige Blicke gewechselt, ein beschnalltes Knie stieß flüchtig in einen Rock. Vor der Tür wurden die Wagen aufgerufen.

Und wie seltsam: Auch für Aïssé wurde dieser Morgen entscheidend. Als sie mit ihrer Zofe in der Kirche allein war, schickte sie das Mädchen in die Sakristei und ließ den Priester bitten, ihr die Beichte abzunehmen.

›Ehrwürdiger Vater‹, sagte sie, ›Sie wissen ja, ich war ein Heidenkind; als man mir von Christus erzählte, liebte ich ihn gleich wie meinen großen Bruder, und es fiel nicht schwer, mich zu bekehren. Im Gegenteil, mir war, als sei ich, seit ich lebte, durch einen dunklen Gang marschiert, immer geradeaus, bis in die Kapelle des Klosters, wo im Weihrauch die goldene Monstranz war und die weißen Schwestern sangen. Aber nun sterbe ich daran. Ich spüre es, ich fürchte sogar, daß es schnell geht. Ich magere schrecklich ab. Ich verzehre mich. Herr von Ferriol hat mir einmal geschrieben, schlimmer als in einem Harem hätten es die Frauen in Paris auch nicht. Er hat vielleicht recht. Und die Frauen wollen es ja nicht anders. Aber ich kann nicht. Ich liebe, ehrwürdiger Vater, ich liebe mit ganzem Herzen, und, nein, ich kann meine Liebe nicht für Sünde halten. Aber das ist es nicht. Ich muß sterben, weil ich den Chevalier nicht heiraten kann …‹

Der Priester wollte sie unterbrechen, aber Aïssé fuhr schnell fort: Ja, er will mich heiraten – ihn trifft keine Schuld. Sie müssen einsehen, daß ich ihn nicht heiraten darf. Er kann keine Sklavin heiraten, und ich bin eine Sklavin, eine böse, eifersüchtige Sklavin, die ihm nie verziehe, wenn er sie einmal nicht mehr liebte, und sich gleich auf der Stelle wegwürfe, um sich an ihm zu rächen. Wie sind sie jetzt schon hinter mir her! Oh, sie haben mich verhöhnt, als ich herkam, und gesagt, man sehe an meinem Gang, daß ich eine Sklavin sei, ich stieße mit dem Fuß ein rohes Ei vor mir her, darum schliche ich so. Dann haben sie alle versucht, meinen Gang nachzuahmen. Ich bin ihnen nicht böse, viele haben mich gestreichelt – und im übrigen weiß ich sehr wohl, daß ich schöner bin als sie und daß sie neidisch sind, je älter sie werden. Und sie werden jeden Tag älter. Nein, ich bin ihnen nicht böse. Wer fände es nicht natürlich, daß sie einen Eindringling wie mich nicht gelten lassen wollen! Und wissen nicht alle, daß Herr von Ferriol mich auf dem Sklavenmarkt wie ein Tier gekauft hat, damit ich ihm nach seiner Rückkehr wie ein Tier diene? Sie hätten nur gewünscht, daß ich nicht auf ihn wartete. Denn sie leiden, wenn sie sehen, daß jemand nicht betrogen wird, und was mich betrifft, so schwanken sie zwischen Abscheu und Zufriedenheit.

Sie verabscheuen mich, weil ich tugendhaft scheine, sind es aber zufrieden, weil meine Dummheit, wie sie sagen, mich unschädlich macht. Dem Chevalier geht es nicht besser. Sie haben ihn nicht für sich haben können, jetzt tun sie alles, um ihn aus ihrer Gesellschaft zu vertreiben. Zugleich freuen sie sich, daß er mich liebt. Denn er ist nicht reich, ohne Protektion, und ich – mir gehört nicht einmal das Hemd an meinem Leib. Es ist fürchterlich, arm zu sein. Und darum bin ich schuld, ich allein. Aber ich liebe ihn, doch, ich liebe ihn, liebe ihn, liebe ihn! ... Was soll ich tun? Für sie bin und bleibe ich die Sklavin des Herrn von Ferriol. Sie wollen es nicht anders. Es darf nicht anders sein.‹

Sie warf den Kopf auf den Arm und stöhnte auf. Der Priester im Beichtstuhl hatte die Augen geschlossen und schwieg. Er kannte jede Falte in Aïssés Herzen und wußte, daß sie ohne einen Schatten von Hochmut, gut und geduldig war und wie still sie selbst Beleidigungen hinnahm. Daran konnte er die Größe ihres Schmerzes ermessen, wie sie, die er immer gefaßt gesehen hatte, nun verzweifelt vor ihm lag. Es gab nur ein Mittel, ihr zu helfen. Er sagte ihr: Christus kannte keine Sklaven, alle Menschen waren gleich vor ihm. ›Ist das ganz sicher?‹ schluchzte Aïssé.

Nichts konnte gewisser sein. War nicht Christus selbst ein Sklave? Waren nicht fast alle seine ersten Anhänger, Apostel und Märtyrer, Sklaven? Arme, verachtete Sklaven? Hatte er nicht selbst gesagt: ›Es geht leichter ein Kamel durch ein Nadelöhr als ein Reicher in den Himmel?‹ Sie war Christin. Alle Christen waren Brüder und Schwestern. Der König und seine Leibeignen waren Brüder. Wehe dem König, der es vergaß. ›Die Letzten werden die Ersten sein.‹ Am Jüngsten Gericht werden beim Ruf der Posaunen die mißbrauchten Throne zusammenbrechen und die Unwürdigen unter sich begraben, indes die Armen und Gerechten an Gottes Seite treten. Sie war keine Sklavin. Sie durfte nicht glauben, daß sie eine Sklavin sei, das war Sünde an Gottes Kreatur ... Sie liebte vielleicht zu maßlos, mehr, als man Menschen lieben sollte. Er, der Priester, konnte es nicht billigen. Es war einer der schlimmsten Fallstricke.

Aïssé schüttelte heftig den Kopf.

Doch, das durfte sie nicht vergessen. Aber er hoffte, für Menschen wie sie habe Christus das Wort gesprochen: ›Ihnen wird verziehen werden, weil sie viel geliebt haben.‹

›Da bin ich so sicher‹, sagte Aïssé leise. ›Ich habe Christus nie vergessen. Ich kann nur seine unendliche Liebe besser begreifen, seitdem ich liebe, ich fühle ihn näher, ihn leibhaftig, mit seinen blutenden Liebeswunden und seinem grenzenlosen Liebesblick über Himmel und Erde. Wenn ich ihn mir früher vorstellte, war er immer fern ... Ehrwürdiger Vater, ich weiß erst, daß er lebt, seitdem ich liebe.‹

Der Priester antwortete fast ebenso leise:

›Ja, ich glaube, daß ich Sie verstehe. Und ich will Ihnen beistehen mit meinem Gebet ... Aïssé, Sie sind keine Sklavin. Der Chevalier liebt nur Sie, er kann gewiß den Hof entbehren. Heiraten Sie ihn und verlassen Sie mit ihm Paris. Sie dürfen nicht seine Geliebte sein.‹

Aïssé dachte lang nach. ›Unmöglich‹, flüsterte sie endlich mit zitternder Stimme. ›Denken Sie an den Prinzen von Conti, der seine Frau zuerst so liebte ... Sie waren kein Jahr verheiratet, da betrog er sie und kam nicht einmal mehr nach Hause, um zu essen und zu schlafen. Alle sagen, daß sie einander hassen. Ich ertrüge es nicht ...‹ Wenn er sie entbehren sollte, zöge es ihn vielleicht doch wieder zu den Frauen seiner Gesellschaft. Aïssé fuhr in die Höhe und rief trotzig: ›Und dann, ich will nicht noch einmal gekauft werden, wie ich gekauft worden bin, nackt und bloß, ohne Eltern und Freunde! Er soll mich lieben, bis ich tot bin, und dann eine Dame heiraten, mit der er seinen Eltern unter die Augen treten darf.‹ Nach einer Weile fügte sie hinzu: ›Ehrwürdiger Vater, es dauert nicht mehr lange! Bitte, haben Sie Nachsicht mit mir, verstoßen Sie mich nicht.‹

Sie starrte in das Dunkel des Beichtstuhls mit angstgroßen Augen, die ihr Urteil erwarteten.

›Dann sagen Sie wenigstens und lassen Sie verbreiten, daß der Chevalier Ihnen seine Hand angeboten hat.‹

›Warum?‹ fragte Aïssé.

›Damit Ihre Liebe nicht erniedrigt wird.‹ Er bat Aïssé, bald wiederzukommen, und entließ sie ohne Absolution ...

Am Abend dieses selben Tages gab der Regent seinen Freunden ein Fest. Da saß Aïssé und war gezwungen, Frau von Berry, der Tochter des Regenten, die in fetter Röte neben ihr thronte, ihre Beobachtungen über das Hofleben mitzuteilen. Sie wandte das schmächtige Gesicht hin und her und konnte ihre Ungeduld nicht verbergen.

›Madame, Sie verzeihen, aber Ihre Sitten werden mir wohl immer ein wenig fremd bleiben. Herr von Ferriol hat mich auf einem Sklavenmarkt aufgelesen, wo ich, elfjährig, zum Kauf angeboten wurde, und mich nach Paris in seine Familie und dann ins Kloster gebracht. Ich habe mir viel Mühe gegeben zu lernen. Trotzdem kann ich nicht lieben wie die hohen Damen, die mich mit ihrer Freundschaft beehren.‹

Die Herzogin von Berry warf den Fächer auseinander und sagte entschuldigend: ›Sie sind ja auch noch fast unverdorben ... Herr von Ferriol wird sich freuen, Sie in solchem Zustand zu bekommen. Wie lange bleibt er denn noch in Konstantinopel?‹

Aïssé errötete: ›Madame, Sie tun Herrn von Ferriol unrecht. Herr von Ferriol ist für mich wie ein Vater.‹

›Hören Sie? Hören Sie?‹ rief die Herzogin und winkte mit dem Fächer. Der Regent blieb vor ihnen stehen:

›Braune Diana mit den Honigschultern, sollten Sie endlich meiner Tochter gestanden haben, daß Sie mich nicht mehr verabscheuen?‹ Der Graf von Charolais aber, der wieder getrunken hatte, sammelte schnell einige Herren und stellte sich mit ihnen in die nahe Fensternische, von wo sie Aïssés Mienenspiel beobachten konnten.

›Auf gepaßt‹, flüsterte er. ›Ich habe zweihundert Dukaten gegen ihre Unschuld gewettet! Wenn ich euch sage, daß Richelieu Bresche gelegt hat ...‹

Aïssé sah, wie alle Gäste des Regenten einen Kreis um sie schlössen, und sie bemerkte auch den lüsternen Stolz, mit dem Frau von Ferriol, die sie, mit Spott, ihre Stiefmutter nannten, jetzt durch die wispernden Gruppen auf sie zuschritt. Das war die ganze Belagerungsarmee, die der Regent geworben hatte und mit Versprechen von Gold, Regimentern, Pfründen, Titeln und wiederum Geld und – Liebe in Atem hielt.

Und dort aus der Tür trat der bildschöne Richelieu, lächelnd, wie immer. Sie schlug erschreckt die Augen nieder.

›Beschämen Sie mich nicht. Wie könnte ich Sie verabscheuen, wo Sie gut zu mir sind.‹

›Indes, Sie lieben mich auch nicht, und es ist vielleicht eine schlechte, aber, ich versichere Sie, unüberwindliche Gewohnheit von mir, geliebt zu werden!‹

Aïssé hob lachend die Augen:

›Ich gestand gerade der Frau Herzogin von Berry, daß ich nichts von dieser Liebe verstehe.‹

Hier aber fuhr Frau von Averne dazwischen, die Aïssé allzu kokett fand:

›Nein, meine Liebe, Sie sind treu, und ich wünschte sehr, daß diese Tugend hier mehr verbreitet wäre.‹

›Nun?‹ flüsterte Charolais. ›Seht nur die beiden Weiber an! Wie?‹

›Treu? Herr von Richelieu, wenn Sie mein Freund sind, so führen Sie Frau von Averne an die frische Luft, sie könnte sich sonst von ihrem Temperament hinreißen lassen, mich noch einmal zu unterbrechen ... Treu? Sind Sie treu?‹

›Wie könnte ich treu sein, da ich nicht liebe?‹

›Gar nicht? Auch nicht den Chevalier?‹

›Noch lange nicht, wie ich möchte.‹

Da eine Pause eintrat, während der der Regent mit seinen heißgespielten Blicken in den großen Augen vor ihm nach einem Fünkchen suchte, um es zu entflammen, hörte man die Herzogin von Berry gelangweilt ausrufen:

›Wann wird denn endlich das Feuerwerk abgebrannt?‹

Der Regent nickte:

›Die Zündschnur will nicht Feuer fangen ... Die Hoffnung erhält mich am Leben, Mademoiselle.‹

Er reichte seiner Tochter den Arm. – Vor Aïssé und Frau von Ferriol stand der Kardinal Dubois und schwärmte leise:

›Madame, Sie sind heute schöner denn je, und glauben Sie mir, der Regent hat ebenso gute, wenn nicht bessere Augen als ich. Kennen Sie schon die Geschichte von der Stiftsdame, die sich in die Venus verwandelte? Herr Graf von Charolais, wenn Sie zuhören wollen, müssen Sie näher treten ... Ich bitte darum ... Eine Stiftsdame, wie gesagt. In der Garderobe des Regenten stand auf dem Postament eine Venus, die, weil irgendwie beschädigt, zur Reparatur weggebracht worden war. Unsere Stiftsdame schlich sich ins Zimmer, entkleidete sich, nahm den Platz der Göttin ein, und wie der Regent sich zur Ruhe begeben wollte ... Ich muß sagen, daß die Dame von Natur wunderbar geformt war. Jedoch es zeigte sich, daß sie kein Herz hatte. Der Regent mußte ihr bedeuten, daß er es nicht liebe, wenn Damen zwischen zwei Bettüchern von Geschäften reden, und schickte sie fort ... Sie scheinen toll vor Liebe und wollen doch nur Geschäfte machen. Ein Herz fehlt, ein Herz, das zugleich Frankreichs Herz wäre. Denn im Grund ist er der edelste Charakter, ich kann sagen, der edelste von allen, die ich kenne.‹

Er sah Aïssé fragend an.

Sie lächelte.

›Das begreife ich‹, sagte sie, erhob sich langsam, und dann streckte sie wie ein Mädchen mir, mir, der auf sie zueilte, die kleine runde Hand entgegen. Zugleich nahm Charolais den Arm des Kardinals: ›Kommen Sie, ich möchte den Kerl erst aufspießen, wenn der Regent sich zurückgezogen hat. Machen wir unterdessen ein Spiel.‹

›Seit vier Stunden bete ich zur himmlischen Jungfrau, daß sie dich schicken möge, um mich zu befreien. Jetzt bist du da.‹

Wir setzten uns nebeneinander an die Wand, den Saal vor uns, und nahmen eine Haltung ein, als ob wir plauderten. So sangen wir einander unsere Liebe zu. Wir hätten am liebsten geschwiegen, weil wir dann die Stimme am deutlichsten hörten. Aber wir wagten es nicht. Gleich hätte sich mit spöttischem Gesicht ein Kavalier eingefunden und behauptet, daß er die junge Dame unterhalten müsse. Wir hockten wie halb versteckt an den untersten Stäben eines großen Papageikäfigs, den von Zeit zu Zeit grelle Flüge durchbrausten. Sie störten die sich artig und listig drehenden Tierchen gewaltsam auf. Dann war alles ein bunter kreischender Wirbel, der den Käfig selber hochzuheben und fortzureißen schien. Aber plötzlich standen sie wieder in Reih und Glied, schüttelten zeremoniös die Flügel, verteilten sich gravitätisch zu vier und fünf auf den vielen Stäben und Ringen und taten feierlich und immer kokett, als hielten sie in verschiedenen Kommissionen eine wichtige Beratung ab. Am Boden kauerten Verletzte, andere schaukelten mit eingezogener Pfote auf den Ringen. Sie gaben sich die größte Mühe, wohlauf und keck zu erscheinen, und wußten die schmerzhaften Zuckungen ihrer Flügel so zu deuten, als ob sie sich gar nicht an die Ruhe gewöhnen könnten und am liebsten gleich wieder den Verstand verlören. Es kam vor, daß einige mit dem Leben auch die Fassung einbüßten und rücksichtslos auf den Rücken fielen ...

Als das Feuerwerk abgebrannt war, kam der Regent auf uns zu.

›Chevalier‹, rief er, ›ich werde Sie an die Grenze schicken.‹

Aïssé, die er ansah, wurde weiß um die Augen.

›Kind, wie können Sie mich für so grausam halten. Wenn er Sie heiratet, mache ich ihn zum Hauptmann in der Garde.‹

›Sie sind ein Volk von Wilden‹, erwiderte sie matt, und der Regent ging lachend davon. Die schöne Türkin durfte sich viel herausnehmen! Bald darauf entstand Lärm, Frau von Ferriol wand sich durch die nach dem Spielzimmer drängende Menge:

›Im Spielzimmer schlagen sie einander. Der Graf von Charolais hat verloren ... Das nennt man ein intimes Fest. Wir wollen nach Hause – bevor es ihnen einfällt, sich über die Frauen herzumachen.‹

Im Spielzimmer sah ich, wie der Graf von Charolais seine Freunde von sich abschüttelte und mit geschwungenem Degen auf ein Kruzifix losstürmte, das über dem Kamin hing.

›Nieder mit ihm!‹ brüllte er. ›Nieder mit ihm ...‹

In der Nacht bekam Aïssé ohne ersichtlichen Grund einen heftigen Fieberanfall. Der Arzt ließ sie zur Ader. Nun verfiel sie in einen Zustand vollkommener Erschöpfung, der lange anhielt. Als sie so weit hergestellt war, daß sie das Bett verlassen konnte, bat sie mich, sie fortzunehmen und sie in der Nähe von Paris zu verstecken, so daß es mir möglich wäre, meinen Dienst in den Gemächern der Regentin zu versehen und dennoch alle freien Stunden und die Nächte bei ihr zu verbringen. Ich war glückselig. Ich brachte sie in das Haus eines

Pächters, der uns ein großes Dachzimmer abließ, von wo wir aus drei Fenstern über hohe Wiesen blickten, die sich tief und gleichmäßig ausbreiteten, bis sie auf der einen Seite vor einem Walde haltmachten, auf der anderen aber in den offenen Himmel strömten. Wir waren wie auf einer grünen Insel in einem grünen Meer.

Aïssé hatte das Haus der Frau von Ferriol in einem einfachen Kleid verlassen. Sie tat es ab, löste ihre Haare und legte sich nackt ins Bett, und ich mußte alles, was sie besaß, bis auf die Haarspangen, Frau von Ferriol überbringen mit Aïssés Dank für die Wohltaten, die sie in ihrem Haus empfangen habe: Sie wolle leben und sterben, wie sie gewesen, als Herr von Ferriol sie gekauft habe. Auch bat sie Frau von Ferriol, sie in Schutz zu nehmen, wenn man zu schlecht von ihr spräche.

In Aïssés Umarmungen verlor sie bald das Bewußtsein von ihrer Krankheit. Gab sie mir nicht so viel mehr als je zuvor? Zum erstenmal besaß ich sie ganz, ohne Rücksicht auf andere, nicht nur für Stunden, in den Zwischenakten der höfischen Komödie, sondern Tage und Nächte, wachend und im Schlaf. Ich nahm sie nicht mehr in jenem wilden, schwindelerregenden Anlauf, als müßten wir uns schnell aus einer Welt von Verstellung und Häßlichkeit in einen Abgrund stürzen, um in dessen Tiefe endlich zusammenzukommen und einander zu gehören. Immer war sie bereit für mich, die Zeiten des Tags und der Nacht wechselten auf ihrem Körper, Hell und Dunkel lag in ihren Händen, ihre Stimme hielt alles zusammen.

Sie schien das Geheimnis des ewigen Lebens zu kennen.

Sie war unerschöpflich.

Ihre Arme hoben mich in den Himmel. Sie rief, den schwärmerischen Tod auf den Lippen, und hielt mich an sich, bis ich wie in Feuer und Schnee in ihr versank. Ihr Blick, die geringste Bewegung ihres Körpers brach strömende Kraft in mir auf, und wenn ich müde war, deckte sie mich mit einem Frühlingshimmel zu. Ein kühlender Wind wehte und trieb Schafwölkchen über den Himmel. Die Erde roch feucht und erquickend wie nach einem Regen. Weit fort am Waldrand sangen die Vögel.

Jetzt hingen der Hof und Paris wie eine traumhafte Erscheinung in der Luft, zitternd, ungewiß, ich sah den wir wohlbekannten Chevalier d'Aydin mit Verwunderung sich in diesem Bild bewegen, die Sinne versagten mir, dann erwachte ich in Aïssés Armen zur Wirklichkeit ... ›Seht nur das Gespenst!‹ riefen die Leute, wenn ich auf meinem Pferd durch die Straßen jagte. ›Der Chevalier ist blind und taub geworden‹, sagte man bei Hof. Ich tat meinen Dienst mit einer Art schlafwandlerischer Sicherheit, ohne mich einen Augenblick bei etwas aufzuhalten, was nicht zu der Funktion gehörte, die ich, wie mir schien, seit undenklichen Zeiten ausübte. Wie ich mich so gehen und sprechen, lächeln, den Nacken beugen fühlte, empfand ich mich selbst immer mehr als ein Gespenst.

Im selben Maße wuchs die Macht meiner Vereinigung mit der Geliebten. Es war ein Strudel, der alles anzog. Eltern, Kindheit, die kleinen und großen Ereignisse meines Lebens, Hoffnungen und Begierden, alles drängte hier zusammen und hatte nur noch Leben in ihren Armen. Manchmal sah ich halbvergessene Menschen körperhaft herbeiwandern, ich hörte ganz nah den Klang von meines Vaters Stimme, der aus dem Fenster des Wohnzimmers nach mir rief, ferne Gegenden kamen geschwommen, wie Treibeis, mit Häusern, Äckern, Herden drauf. Alles, was ich kannte, machte sich vom Boden los, verließ die Welt des Scheins und kehrte in die Heimat zurück und nahm Platz in meinem und der Geliebten einem Herzen.

O wunderbare, lebenslängliche Umarmung! Sie offenbarte mir die Güte der Verzweifelten. Wie alle jungen Männer hatte ich genossen, um zu genießen, der Zerstreuung wegen und weil andere ebenso taten und auch, um mich von einem Alp zu befreien – und die brennende Scham der Enttäuschung gekannt. Die ersten Frauen, die sich geben, sind ja selten die Geliebten. Ich sah sie wieder und erkannte allerhand Zeichen, die ich früher übersehen hatte, daß in ihrem Lachen, in ihrem Fieberdurst, in ihrer bald koketten, bald frechen Sachlichkeit, ihrer zerreißenden Neugierde alte Mädchenträume um Erfüllung schrien. Sie betranken sich an der Liebe wie auch oft am Wein. Sie mußten hinaus ins Grenzenlose, kostete es, was es wollte. Versuchten immer wieder die Himmelfahrt, erwachten als Dirnen und begannen von neuem, die Männer verdarben sie, indem sie die Verführten an ihre Laster gewöhnten. Hatten nicht vier Edelleute die Marquise von Gracé, der Regent und der Graf von Charolais eine junge Witwe, Frau von Saint-Sulpice, betrunken gemacht und die eine den Lakaien vorgeworfen, die andere unter grausamen Belustigungen fast getötet? Der Regent nicht versucht, Frau von Rochefoucault mit Hilfe seiner Tochter, die sie festhielt, gewaltsam zu verführen? Die Frauen wurden nachts in ihren Betten überfallen, ihre Gatten, ihre Geliebten verkauften sie, des Gewissens wegen oder um selbst ungehindert nach ihrer Laune zu leben. Sie konnten nicht anders als sich verachten, so sanken sie immer tiefer. Der Regent gab das Beispiel, da er eines Abends bei Tisch saß mit Frau von Parabère, dem Kardinal Dubois und dem Bankier Law. Gegen Ende der Mahlzeit brachte man ihm eine Verordnung, die seiner Unterschrift bedurfte. Er konnte nicht schreiben, weil er betrunken war, und reichte das Papier Frau von Parabère mit den Worten: ›Unterschreibe, schlechtes Frauenzimmer.‹ Sie weigerte sich. Da hielt er es dem Kardinal hin: ›Unterschreibe, du Zuhälter‹, und als auch der ablehnte, wandte er sich an Law: ›Dieb, so unterschreibe du.‹ Law unterschrieb nicht. ›Ein schönes Königreich‹, seufzte der Regent, ›das eine Dirne, ein Zuhälter, ein Dieb und ein Trunkenbold regieren!‹ und unterschrieb. Aber selbst die Verdorbensten waren nicht ohne Leidenschaftlichkeit! Frau von Nesles und Frau von Polignac hatten sich im Bois von Boulogne duelliert, weil keine wollte, daß die andere Herrn von Richelieu beglückte. Und Frau von Nesles war durch einen Schuß in die Schulter verletzt worden. Das Verlangen verbiß sich rasend in sich selbst. Sie suchten alle die Liebe, aber mit der Selbstachtung und dem Glauben rissen sie auch die Wurzeln der Freude aus. Schließlich glichen sie alle mehr oder weniger dem Kardinal Dubois, der sich für die Nacht eine Dirne kommen ließ und zwischen Bett und Schreibtisch hin und her ging, ohne seine Arbeit zu unterbrechen, und der jedem versicherte, daß die Liebe nichts sei als eine manchmal amüsante Gewohnheit ... Und verirrten sich nicht selbst die Gedanken dieses völlig ernüchterten Teufels zu anderen, lieblicheren Gestalten, während er seiner stumpfsinnigen Gewohnheit fröhnte? Auf seinem tierischen Mund – nun sah ich es!

schwebte schon das Wort, das ihn befreien wollte, sein lüsterner Blick war bereit, vor der Wahrheit abzudanken ... Gleich ginge die schwelende Inbrunst in Flammen auf ... Ich nannte ihn Bruder. Wie sie in meine Liebe einzogen, waren sie schon halb erlöst – alle! Das Leben glühte auf, von einem überirdischen Strahl getroffen. Das Leben erfüllte seinen Sinn. Die Schmerzen hatten, litten ohne Haß, und die Glücklichen spendeten mit reichen Händen. Zwischen Geburt und Sterben stand das schwarze Kreuz des Todes wie der Zweig einer Waage. Ich lebte – wie das Leben selbst.

Aïssé aber starb ewig den Liebestod.

›Bin ich schon tot?‹ fragte sie manchmal, wenn wir, noch ineinander verschlungen, ruhten. Zwei Pflanzen waren wir, die, außer sich vor Freude, einander mit ihren Säften durchdrangen und voneinander zehrten. Die Mündung zweier Ströme. Ein Kandelaber mit vielen brennenden Kerzen.

Aïssé öffnete nicht einmal die Augen, wenn ich sie verließ, und meine Rückkehr war, als hätte ich sie nie verlassen. Wir kannten weder Zwang noch Versagen. Wir waren die beiden Flügel eines Vogels, die einander mühelos überboten und sich zusammenschlössen.

›O Wollust‹, rief sie, ›gute Wollust!‹

Aïssé wußte nichts mehr von Paris, sie war im Kloster gestorben, als die Monstranz funkelte und die hellen Schwestern sangen. Der Geliebte hatte sich über sie gebeugt, sie auf seine Schulter gehoben und in den Himmel getragen. Nun küßte er sie unaufhörlich, und sie umarmte ihn ohne Ende. Wir brannten und hatten wieder kühl. Millionen Wesen nahmen, von *einem* Blut durchströmt, an unserer Freude teil, eine unübersehbare, glückverstummte Schar, aus der manchmal, deutlich erkennbar, die Heiligen auftauchten. Aïssé erkannte sie nach den Bildern, die sie auf der Erde von ihnen gesehen hatte. Es war ein ewiges Kommen und Gehen wie auf einem großen Sklavenmarkt. Ein Sichsuchen, Sichfinden, ohne daß wir einander verloren. Zuweilen tauchte aus dem Goldlicht die dunklere Silhouette von Konstantinopel. Auf den Minaretten hoben sich ganz dünne Arme. Das waren die Männer, die zum Gebet riefen. Aber ihre Stimme hörte man nicht.

Aïssés Gang war noch leiser, ihre Bewegungen noch demütiger geworden. Sie schwebte durchs Zimmer, bereitete das Essen, verweilte still und tat alles mit der Selbstverständlichkeit einer freien Magd. Sie kannte weder Scham noch Furcht.

Eines Tages versuchte sie mühsam, sich aus meinem Arm zu erheben, und fiel zurück. Da sagte sie:

›Du mußt meinen Beichtvater holen.‹

Der Priester kam und traute uns. Der Pächter und ein Knecht waren Zeugen.

›Jetzt‹, rief Aïssé, ›kannst du tun, was dir beliebt, bis du stirbst. Dann werden wir Hochzeit halten im Himmel, denn du bist mein Gatte! Hörst du? Mein Gatte! Du gehörst Gott und mir allein.‹

In der Nacht begann der Todeskampf. Sie klammerte sich an mich und litt kniend in meinen Armen, die sie hielten. Dann strich sie mit beiden Händen langsam über meinen Körper und legte den Kopf auf meinen Leib. Ich hielt zwei Tage und zwei Nächte Totenwache. Aïssé lag nackt und einsam ohne eine Blume zwischen den Kerzen, sie schien mit den Haaren an das große weiße Bett festgebunden. Sie hüllten sie in das Laken und legten sie in den Sarg.

Am Grab war die männliche Gemeinde von Saint-Sulpice versammelt. Der Regent ließ sich durch den Grafen von Charolais vertreten. Als der Priester die letzten Gebete sprechen wollte, vergaß er sie mit einemmal. Er starrte mit geröteten Augen abwechselnd ins Grab und in sein Buch. Endlich sagte er einfach:

›Sie wird auferstehen!‹

Kurze Zeit darauf folgte ich meiner Geliebten. Als ich spät abends den gewohnten Weg zum Pächterhause ritt, scheute auf der Brücke bei Suresnes mein Pferd vor einem Wagen und sprang über das Geländer in die Seine. Ich ertrank ...«

Der Franzose legte seine Hände auf meine Knie und sah mir lächelnd in die Augen.

»Ich ertrank, aber bald darauf erwachte ich in einem fremden Land. Ich sah gleich, daß alle Frauen hier Aïssé glichen, und war nicht erstaunt, als ich sie selbst eines Abends wiederfand. Sie saß im großen blauen Salon unseres Gouverneurs, und ihre Augen suchten. Der Sohn des Gouverneurs hatte den Arm auf die Lehne ihres Stuhles gestützt und sprach gebeugten Hauptes auf sie ein. Unsere Blicke trafen einander und ließen nicht los. Ich trat hinzu und bat meinen Freund, mich vorzustellen. Aber ohne diese Förmlichkeit abzuwarten, streckte Aïssé mir ihre kleine runde Hand entgegen ... Und nun werden wir vielleicht bald wieder sterben, jedes für sich, und einander scheinbar verlieren, um des Glücks willen, einander wieder zu finden. So wandern wir durch die grenzenlose Welt, wir beiden ...«

Sein Blick lag auf mir, ein Blick, den ich bei den Betern im Ganges, nie bei einem Europäer bemerkt hatte, der Blick, der *hinübersieht*, kampflos und weit offen, stark wie die Stille des Mittags in Benares, ausgefüllt von der Sonne, in deren volle Glut sie dort mit demütig zurückgebeugtem Nacken hineinsehen. Ein Märtyrerblick, neben dem die Frauen, die ihr nasses Gesicht gleichfalls in die Sonne heben, sanft und mütterlich verblassen. Ich hörte die Ventilatoren im Hause rauschen, und vor der offenen Verandatür, die ein Moskitonetz verhing, balgten sich kreischend zwei Papageien. Die alte Frau hielt die Augen geschlossen. Sie schien zu schlafen.